出版说明

  本书为黄国峻的幽默小品散文集，繁体原版于 2002 年在台湾地区首次出版，通过作者独到的眼光和诙谐的文笔，侧面反映了当年台湾地区的社会氛围。此次简体出版进行编校的同时，也尽可能保存作品原貌和作者风格。若遇到较不易理解的台湾地区特有词语，则以页下脚注的方式加以说明。

麦克风试音

黄国峻————著

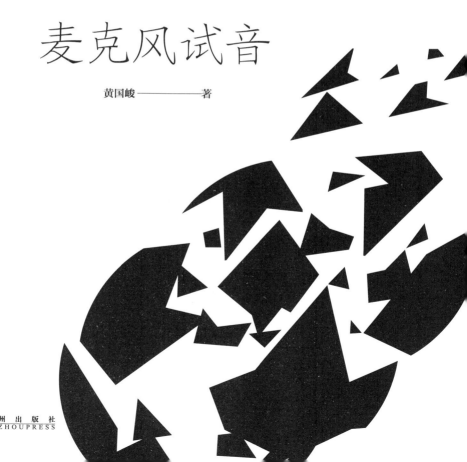

九州出版社
JIUZHOUPRESS

目　次

第五幕

下半场

自 序

老实说，我到现在还不太敢承认自己是这本书的作者，这关系到颜面，还有做人的涵养……好吧，敢作敢当，这本书是我在被迫的情况下写的，还有"弹珠城"百货失火也是我做的，我是说我被另一个自己用绳子捆绑、强灌迷药才动笔的，对……有双重人格，一半是心理医生，一半是病患，还有零点五是医院餐厅老板。这有点像独自下一盘棋，一下想如何吃对方的兵，一下又想对方休想来吃兵。这是一番痛苦的挣扎，要是能挣脱，就绝不会写这种东西了。

我是个无法开怀大笑的男人，整天愁眉苦脸，这点淡水河旁的小贩可以作证。我心想，要是我再无法欢笑的话，我一定会走上绝路，例如吃水果时故意不洗表皮上的农药；这不是玩笑，我努力想幽默一点处世。这很像血液循环不良的老人，努力早起打太极拳的道理。话说回来，我也知道刻意的玩笑，经常会效果相反。有许多真正幽默的人，他们是自然在生活中流露喜感，绝非如我一般挤眉弄眼。

有位作家说过："人一思考，上帝就笑。"我认为反过来说也行："人一笑，就换上帝要思考了。"对吧，你想人受了那么多苦难，居然还笑得出来，上帝一定搞不懂是否天灾全白降了。我不敢臭盖笑经，或老提喜剧名家，免得像是在找借口美化自己写笨文章的错。我不确定喜剧能否替人在奥林帕斯山上那众神的观众席上保留一个座位，但卖卖爆米花这种工作，肯定是爱喜剧的人乐意效劳的。

这一些短文大多在二〇〇一年写的（也有更早写的），大部分登在"自由副刊"，有的则在"中时副刊"，谢谢蔡素芬主编和杨泽先生的帮助，也要谢谢联合文学冒险的勇气（差一点写"牺牲"）。照理说这本书可能要归类于什么小魔女之类的丛书。当时我写得十分潦草零散，急凑成篇，性质上近似表演时捏在掌中的提示卡，其中有些点子可能人家早用过了，只是我还不知道，纯粹巧合。

说笑一向是最泛滥、廉价的粗俗戏法，有时这正是它好笑的原因。我从小爱看许多趣味各异的笑料，闹、妙、怪、傻样样都有，那些片刻是愉快的记忆，不过我特别喜欢美国式的讽刺笑料，即使单格漫画也威力无比，那好像是一种奇特的能量，一种无神论时代中的新信仰，与现代的性格紧密投合，有点像爵士乐。我很愿意为观众再多练习写一些，写到中头奖那天为止。别理会我这样唠叨，这只是麦克风试音。

　　我问："这爆米花还好吗？"众神回答："味道有点像鸡肉。"

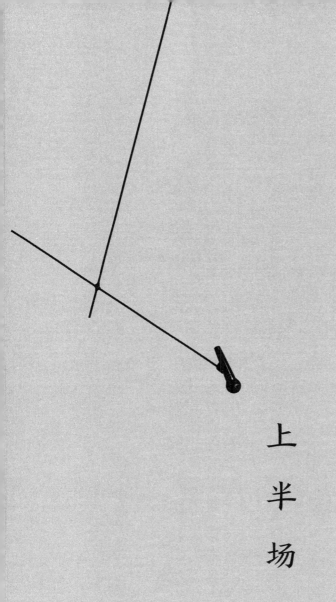

上半场

第一幕

良心公休日

　　有一名军官自从被情报局开除后，就自己跑到公厕安装针孔摄影机，打算把偷拍的影片拿去牟利。结果没想到他居然拍到一位少女在厕所内生产并弃婴的过程，他将影片证据交给警方使全案侦破，于是他得到一笔赏金，不过因为违法偷拍，那笔钱又变成罚金被收回去了。

　　在失意之余，他将偷拍的影片拿去参加色情片影展，结果这部名叫《排泄之眼》的短片，很意外地获得了最佳纪录片奖，他获颁一把亚裔杂交女王安娜贝尔的房间钥匙。而片中被偷拍的女孩本来要控告他，但由于她在镜头下自然的表现，在影展中博得许多喝彩，所以破涕为笑。她穿着一套香奈儿的衣服回答记者说:"我没想到只是上一次厕所,就可以进入演艺界了,我是勇敢站出来面对女性处境的受害者。"后来她便巡回各地风化区表演上厕所。

　　偷拍的行为,一直被人们以求知的借口给正当化了。最近就有一群非洲的狮子,跑到法院要控告美国《国家地理》杂志,因为该杂志的摄影师长期偷拍大量的狮子捕猎、交配等镜头,严重侵犯隐私,可惜大法官当场就被不耐久候的狮群给吃掉了。另外像是军事人造卫星、高倍数天文望远镜,有太多的偷窥都能成立;如果可以偷窥上帝的奥秘,那私生活的镜头又算什么呢?这不只是科学与道德的问题,更是人性与国民平均所得的问题。反正人的心智便是在这些考验中展现其价值,相信偷窥只是一种暂时性的堕落,以后赎罪的机会还多的是,何况现代人的平均寿命长得很。

论命运

有一只失恋的蟑螂，因为想不开而打算冲进一个挤满舞客的舞池，被乱脚踩死。可是没想到这猛然一冲，竟然穿越过了千脚阵，安全抵达对面，于是它便因此壮举成为冒险英雄，如愿娶得了一只会跳方块舞的雌德国蟑螂。相反的，有一只蚊子可就没这么幸运了，它因为失恋而沮丧地在街上飞着，突然间，它听到音乐厅里传出美妙的音乐声，于是飞了进去。那时正好台上那位知名的波兰钢琴家弹完了最后一首压轴曲，现场观众顿时齐报以热烈的掌声，结果那只蚊子便被这片掌海给乱掌打死了。

究竟人生有意义吗？这个问题对月薪三万以上，或者是娶到茱莉亚·罗伯兹为妻的人来说，答案显然是肯定的。但人又能反抗命运吗？我一想到堂·吉诃德如果去荷兰，看到那么多风车，就觉得很可悲。或者圣诞老公公全身穿着大红色去西班牙送礼物，刚好经过一个斗牛场，这实在令人不敢想象。能够左右命运的方法恐怕只有一个，就是当你捡到神灯时，记得先用左手食指堵住神灯的出口嘴，然后右手一直摩擦神灯，逼巨人同意达成五个以上的愿望，然后才放他出来。

命运就像行动电话一样掌握在人手中，如果不慎遗落，该月的电话费便会送我入牢。当然电信局并非不通情理，要是我肯接受手机黏在额头上开机一星期，看看眼球会不会掉出来的秘密实验，那还是很快就能出狱回家的。

还有什么话要说

　　每个人早晚都要说遗言的，但是要说些什么却很难决定，因为要是一个不小心说错，以后就再也没机会修正了。遗言通常具有总结一生思想的性质，如果说得一点都没有哲理，那可能人一辈子的历练全都白费了。不信你可以试着把《浮士德》末句"引领我们高升"改成"引领我们去士林夜市"看看，这肯定危害全书的价值。

　　可是如果闭口不说，那也太浪费这个千金难买的大好机会了。因为若遗言叫儿子用功读书，他必定会铭记在心，这远比平时叫他用功来得更有效好几百倍，不过为了怕得罪别人，我还是偏好用咳嗽来混过临终时刻。当然如果病床旁没有亲人相伴，也许我还可以说几个黄色笑话骚扰一下护士小姐，反正等她要控告我时，我早就已经死了。

人在离开世间前一刻能做什么呢？我是会买一些纪念品，例如钥匙圈或是上面印有一句话"我去过人间，那里的烟酒和小姐不错，但是法律并不怎么样"的马克杯。另外器官捐赠的事也令人很烦恼，我并不小气，我曾把一生的努力捐赠到太太的牌桌上，但是一想到死后在曼哈顿的某个酒吧里，有个人带着我的肝脏去狂欢，我就不能安息。我已经决定把骨灰撒在西门町，这样我就可以整天逛街看电影，或者和女孩子一起拍大头贴。假如我能上天堂，我猜上帝可能到时候会站在门口问我："吸烟或非吸烟区？"至于我究竟说了什么遗言，坦白说有些丢脸，我说："奇怪，怎么这么暗，哪个白痴把灯关掉了！"

智慧型家电

新发明的科技产品不断改善我们的生活，将来有天，我们的家电用品全部都会说话和思考，如此一来，周末假日我们就不再寂寞了，我们可以和电冰箱聊天，像这样：

"你今天好吗？"

"老样子——摄氏四度左右，有点结霜，塞满了促销价的啤酒，主人要不要来一罐？"

"不了，留着看球赛时再喝。你呢？要不要来点去汗剂？"

"谢谢，主人可不可以帮我介绍和冷气机认识认识？上次看你帮她换滤网，就觉得她很迷人，不会很吵，会变频、恒温……"

"喂，老兄冷静一下。"

"我不冷静（双关语）吗？"

聊天还好，万一电脑故障，谁保证厨房里的微波炉不会和我吵架？像这样：

"又要到外面吃！哈啰，你忘了我是微波炉吗？怎样，瞧不起我的功能吗？"

"我没有污辱你的意思，没人怀疑你的能力，我只是想换口味。"

"反正我只是被利用的奴隶，你们人类本来就有权玩弄科技。"

"又来了，我说过你误解了叔本华的哲学。你自从去年感恩节把火鸡煮成糊糊之后，就一直恼羞成怒。"

"那次是你自己温度设定错了，我警告过你十分钟太久了，你就是不听。"

"我不需要一台机器告诉我该怎么做，你不是我妈。"

"你伤害我的自尊心了。"

"我？够了，你也许该去看心理医生，或是去度个假。"

结果我的微波炉真的去台大医院看心理医生，他问：

"可不可以描述一下你的童年印象？"

"我是前年从韩国的零件组装厂出来的，我是国际牌的革新智慧型电脑。怎么说呢？我的个性很随和，只是主人头一次不知情，给了我一个金属锅子，我气得电容器差点爆炸。"

"我明白，你应该试着克服挫折，对糙米饭释出善意，坦然一点。"

"你知道吗，有时候我觉得自己是两百二十伏特，而不是一百一……"

现在我的微波炉在夏威夷和"深蓝"下棋。

其次，万一我和家电坠入爱河怎办？我每天看十个小时电视，日久生情是很自然的事。她的弧度很美，她带我见识世界新闻，实在很迷人。不过我父母反对我和她来往，认为电视是多重人格者，八十个频道，一下就翻脸了，而且我们将来的孩子注定是电视儿童。我以为爱情是超越物种的，结果没想到当牧师问她："你愿意一辈子照顾这个整天盯着你看的家伙吗？"她居然说："广告后马上回来。"

太空歌剧

　　作曲这一行在维也纳叫艺术，但是在好莱坞却叫农业。我每天写谱是插秧，客户是雨水，女友是农药（适量有益，过量要命），而南加大的学生助理则是收割机，当然其中有一位应该算蝗虫：尼克前天把我写的总统就职庆典序曲，偷去当作恐龙电影的配乐卖掉了。

　　去年休士顿歌剧院委托我，写一部新一季的开幕大戏，于是我全心投入谱写歌剧《无重量状态》。故事描写太空船阿波罗十一登月的史诗。第一幕开始是地面指挥中心全员高唱："一切都准备好了，包括速食面和扑克牌。"然后是太空人的妻子们齐唱："等你回来我的英雄，我保证不会趁你在月球上时，和史密斯校长偷情的。"

然后火箭倒数升空时，乐团齐奏"希望氧气够用"的主题旋律，同时观看的民众大合唱："再见，记得回来时带点陨石。"进入太空后，饰演艾德林的男低音唱出咏叹调："我是浩瀚宇宙中的一粒沙，孤独而且忘了带晕机药。"接着柯林斯以花腔唱出："终于要降落月球了，我赌赢岳父三百块了。"到了登月时，男高音尼尔·阿姆斯壮[1]独唱："我的一小步是人类的一大步，人类的一大步是国防预算的三级跳。"并插上国旗，乐团用最强音齐奏，大锣请到职棒天王马奎尔用球棒击响，全剧进入最高潮。

　　此剧首演后，太空总署的人围殴我，把我绑在离心力训练机上高速旋转五百圈。然后剧院的人也围殴我，听说是联邦调查局下令他们用大喇叭盖住我的头吹奏国歌的。

1　即尼尔·阿姆斯特朗。——本书注释，均为简体版编者所加。

论游民

相信每个街头游民都有一段不幸的过去。例如老板给了他一张健身房的折扣券作为遣散费；他的儿子加入了一个名叫"胃穿孔"的摇滚乐团；他的妻子和奥运撑杆跳选手在圣火台上烤肉；他要打每分钟收费五十元的电话，才能把女儿叫回家吃饭；或是他在缴房租期限日，把一本《罪与罚》放在房东的信箱里，诸如此类的。

游民的年纪大多不轻，恐怕半数的人都打过二次世界大战。他们总是饿肚子，就曾有一位录音师把他们喝汤时所发出来的声音录下来，拿去当作《星际大战》[1]电影中飞碟被击毁时的音效，如果是飞碟追撞了，那表示他喝的是蟹肉汤。游民中是有

---

1 即《星球大战》。

些精神病患，这也就是游民潮多半出现在六月底的南阳街附近的原因。有一次我在地下道遇到一位女性暴露狂，她解开唯一身着的大衣，强迫我看她的扁平胸。我没报警是因为怕警方会把逮捕她的过程拍摄下来，拿去当警校招生的广告片。我起先以为她这么做只是餐厅开幕的新噱头，或是戏剧系的学生要交的毕业作品。

在污秽的外表下，有些游民有可能其实是位高知识水平的先知，或者可能是"莫斯科音乐院和声学被当掉联盟交响乐团"的一员，因为本地的邀请单位付不出酬劳而沦落异乡。可是就算他才比天高，大概也无法把其他游民训练成卖艺的合唱团，如果路人不给钱，便唱安魂曲恭送，只怕到时候只引来发情的公猫。这样一位可怜的俄国人，就像是肖邦飘流到了孤岛上，而且岛上没有钢琴，只有一把小号。

不可犯的罪行

我被帮派开除的原因是:

一、我听政府的警告拒吃槟榔。

二、我不肯听闽南语歌。

三、我在关公庙内扒走住持的皮夹。

四、老大的夫人向我请教如何欣赏现代诗。

被开除也好,省得每天兄弟们老是叫我:警政署的乖宝宝。

脱离组织后自然很难为非作歹,但是天下无难事,就怕肚子饿。我先是在火灾现场出租椅子和望远镜,不过因为消防队已经把直播权卖给了网路公司,我的生意自然做不成。后来我到宾馆门口兜售水果刀和麻绳,供情侣临时想不开,而附近又没有五金行时，依然能如愿以偿。可是碰巧这里的地头蛇要兜售快乐丸，所以他们以我意图谋害他们的主顾为理由，把我揍成一部手风琴来演奏闽南语歌。

在走投无路的情况下，我决定去店家索讨保护费。经过一番考察后，我选择诚品书店，因为书店职员应该不会像上次我遇到的韩国洗衣店职员一样，刚好是个柔道七段的功夫高手。

书店职员如果万一不是很温柔的女生，也一定会是娘娘腔的男生。于是，我穿着邋遢、面露凶相地进去，对柜台店员口气自大地说：把保护费给我交出来，看在今天老子心情不错的分上，就算五千块好了，没有大钞小钞，硬币也行，要不然图书礼券也可以。店员回答：不然呢？我说不然我就……把《咆哮山庄》[1]放在建筑类架子上，把《丰胸秘方》放在宗教类……这位洗衣店老板的女儿一脚把我踢出门。奇怪，天母诚品为什么门口刚好有大斜坡？也许"云门舞集"可以考虑在这跳一出《薛西弗斯神话》[2]的舞剧。

1　即《呼啸山庄》。

2　即《西西弗斯神话》。

钻石地段

商店如果开在好的地段上，就算开的是修原子笔的店也不会倒。例如你若把国术馆[1]开在华纳影城对面，我保证过没多久之后，市府路上就会出现一些用轻功踩着车顶过马路的青少年。人的作为全是依环境条件产生的；当一条车站前的大街开满咖啡店，路过的人就绝对不会说：那我们去屏东庆场喝鲜奶好了。除非是在度蜜月的夫妇或是逃犯，才有这种闲工夫。

一些商人看准了这个必然性，于是随便弄点吃的，就美其名为餐厅。我就吃过一盘炒饭，里头只有三粒玉米，三粒！就算不小心掉进去的头发也不止三根。我当时很想破坏他的口碑，例如在店门口扔鸡蛋，结果他们打开大门，就这样草船借箭，

---

1 台湾地区对中国武术馆的称呼。

吞了我一斤鸡蛋。最后我干脆发传单鼓励大家拒吃，并且躺在门口装死，可是老板竟然贴一张海报说：这个人是胀死的，因为太好吃，不想别人来吃。

孟子小时候家住不好的地段。有一天他在墓园烤地瓜，用热土埋了一个小时后，挖开一看，地瓜居然不见了。再往下挖时发现，一只尸体的手紧抓着地瓜不放，孟子当场吓昏了。鬼魂还到梦里对他说：我是饿死的，都怪为政者不仁，害惨百姓了。于是心地善良的他，醒来便为这位可怜的鬼哭墓致哀。孟子当时便了解到，社会贫富不均造成的阶级差异有多么可怕。后来他搬离墓地一区，进学校努力读书，成为伟大的思想家，童年的贫穷体验影响了他一生。这故事是我编的，因为我有个房子在墓园旁卖不掉。

CPR

　　在训练心肺复苏术的急救课上，我居然真的把塑胶人偶安妮救活了，她说我是试过的两千名学员中，把人工呼吸做得最标准最有感情的人。

　　当场我们相偕翘课上山呼吸新鲜空气，一路上的话题全都在医学方面打转。她说心脏按摩时，最讨厌被施救者的手指碰到乳头。她以前躺在器材室里一直在等待，她决心要为自己所爱的人活过来，要跨越自然常理的界线。没错，我很乐意把一口气深深吹进一位像她这样有着一头金发的女人偶的肺部，然后与她一同在空气滤尘器前共舞，我也跨出常理界线了，不是吗？

我们小心避开具腐蚀力的化学剂，整夜散步，因为她的身体比真人少了一些器官，所以我们并没有肉体上的关系。不过她差点在路过商店街时，爱上同为塑胶人偶的麦当劳叔叔及凡赛斯的橱窗人偶，幸好她相信我说他们有肺病的谣言。她几乎没有任何缺点，除了一到游泳池就窒息休克外。也许我们会结婚，我是疯了没错，但不是有句话说"爱情令人视死如归"吗？好像是沙特[1]说的，不记得了，反正不是孔子说的就是了。

1　即萨特。

论选美

多数男士的道德标准虽然比帝国大厦还要高，可是一旦电视播出选美大赛时，他们包准马上会从顶楼跳下来。

几年前在美国，有一个由避孕药厂商主办的地方性选美比赛，它的评审全数由有性犯罪前科的人组成，他们被绑在观众席第一排的座位上，身上被装上感应脉搏和血压的测量仪器，然后以他们看着候选小姐时的生理反应数据来当作分数。当然，冠军小姐足足受警方保护了半年。

由此可知，选美活动其实不是污辱女性，而是污辱男性。它显示男人被设定的水准极低劣，只有这种形式才能符合他们的需求，而选美就是美国通俗嘲讽文化下的产物。我们不难想象一个女性主义者笑着说："我看你们男人干脆把女人弄上台，打扮一下，然后打分数排名次算了！"所以选美可以说是非常简明有力地凸显了文明社会的性别现象与错误。就像是划龙舟纪念屈原的仪式般，选美也具备了深沉的省思作用，除了促销比基尼及瘦身美容课程之外，主要是这仪式充满了戏谑，如化装舞会式的角色扮演的玩乐意义，大家协力齐心透过一场闹剧，对造物者献上一部毕业展。

当然我反对选美的规模大到环球级。听说一九八四年的英国小姐和阿根廷小姐，就在化妆间为了福克兰群岛[1]的归属权大打出手，这不是大家乐见的，而且在台上跳大会舞时，可能其他参赛者都会被穿木鞋的荷兰小姐踩到脚。

1　也称马尔维纳斯群岛。

第二幕

粪类广告

算命大揭秘

不励志小品

人生说明表

魔鬼书评两则

地狱旅游指南

影集观测站

科学新知

胡扯档案

大典

粪类广告

征弃尸助理：需熟知郊外荒凉地区，需有两年以内触犯家暴法之前科，以及收看摔角频道时数累积超过一千小时。年幼时曾有受虐经验者为佳，不谙分尸及装袋之新手可接受培训，待遇比照杀手。本组织的政商人脉关系良好，风险低，不需良知，发展多。请自备符咒及口罩。

凶屋出售：透天四十坪沼泽地，紧邻靶场及流浪犬收容所。大门正对机场中央跑道，浴室内有保育类昆虫寄居，地下室可养殖虱目鱼，镜子里半夜会出现历任屋主。

歌星月入十万：你刚被男朋友抛弃吗？你的父母终日在家练习柔道吗？你的老师以为三乘以六等于十七吗？你家的管区警员在鞋尖装镜子吗？你的邻居患重听又爱听日本演歌吗？想不想住比弗利山庄与汤姆·克鲁斯为邻？想不想十年后向人夸耀出卖肉体的历练？想不想害天下年轻人与你一样休学逃家？快来参加歌唱训练班！前十名签下卖身契者还致赠金笔喔！快！再慢凯子的钱就被赚走了！

　　外籍新娘清仓大拍卖：保证无知没读过书，绝对被旧观念洗脑过、被新科技美容过，耐打、耐摔、不告状，全部植入晶片管理，保证受过密集家政训练，好色又害羞，可由电视及零食控制活动，若她生气可于三日内退还。

道歉启事：本人在此郑重向老板道歉，我不应该不小心打翻你桌上那瓶"威而刚"，害本公司的蟑螂大量繁殖，可能是有一颗掉到柜子底下没捡到，刚好被它们吃掉。外传蟑螂太多是因为老板的脚太臭，我要郑重澄清这点。

算命大揭秘

　　各位好，我就是"利用人性弱点骗钱学会"的理事长——"玄天七世王母娘娘不是盖的居士"。在浩瀚的宇宙中，究竟人要如何掌握命运呢？为什么太阳会从东边升起呢？为什么人会吃饱没事干呢？为什么地上会有狗屎呢？这一切都充满了禅机，不可言喻，所以能把傻瓜耍得团团转。现在由我来揭开天地奥秘吧，反正法律没空来管。

　　今天非洲的大象之所以濒临绝种，从面相学的角度来看，很明显的，大象的鼻子太长，属于暴凶格，诸事无功、晚景必困。而且它的象牙外露，前端尖翘，正如签诗所云：白齿突冒阴胜阳，劳碌招灾命必丧。从整个命盘来看，它的事业只限于搬木头，加上恰逢鼠年，鼠克象，所以可以确定大象的将来，恐怕是不太乐观的。

至于为什么近来南斯拉夫¹境内战火不断呢？从风水学的角度来看，国土坐东北朝西南，在气势上就倾向骚动，然后它又位在欧洲主体区域的南边，属于权力宫，与自多瑙河来的煞气相冲。更坏的是：面对地中海那边，正好被整个意大利给阻挡住了，使得面前的亚得里亚海变成聚阴池，财运进不来，全被米兰的时装界引走了。

要如何改运，这里我可以教南斯拉夫政府几招：一、在贝尔格莱德市中心种椰子树化灾（种不活也得种）；二、在撒夫河里养四十九条鲤鱼纳福；三、把第拿里艾菲山脉铲平，去霉气。再没效的话，就去药品店指名购买"玄天七世运功散"，吃了保证会得到国际卫生组织的关心。

---

1 本书初版出版于 2002 年，其时南斯拉夫联盟共和国尚未成为历史。

不励志小品

　　座右铭这种东西，就是贴在墙上三天后就想撕下来的东西。我想，天底下大概没有哪句话能万能到足以成为座右铭，连云南白药和阿斯匹灵[1]的疗效也是有个范围。很多名言其实都被信奉的人曲解或夸大了，例如律师事务所的座右铭就是"顾客永远是对的"；而地下钱庄则是"助人为快乐之本"；至于汐止市[2]当然是"巨浪才能造就水手"。我可以列出一百条各行业误用道理的假设。

　　道理会改变、人会成长，世界小姐冠军也会轮到有色人种的。我们年轻时见山是山，中年时见山不是山，老年时回到起头。不过最近有个百岁人瑞告诉我，他现在好像又觉得见山不

1　即阿司匹林。
2　今新北市汐止区。

是山了。这很像是劝人不要自杀的劝言一样，说什么等到明天天亮，看到太阳和小鸟就会觉得昨天自己为什么那么笨。但问题是：明天想开了，但是后天还是可能会想不开，然后大后天又想开了，如此周而复始，没完没了，这才是令人感到虚无到活不下去的原因。

我认为有一小部分人生其实是老鼠屎，不值得奋斗的，只是道义上没人敢讲罢了。就像中枪受重伤的士兵，你必须骗他不要紧，只是肠子没在原位上而已，不然真相是会致命的。奋斗的人生必定是自傲的，自傲无罪，只要先确定一下自己不是在统治整个西班牙就行了。永不低头的人必定会为人们带来幸福的：他们在动荡的时代是革命家，在和平时代则是人寿保险的推销员兼职棒教练。

奋发向上如今已成廉价口号，连混蛋都挂在嘴边。

人生说明表

　　我们一生漫长的时间，除了上班和吃睡、洗澡之外，其他都花在做什么事上面呢？以下简单列出比例分配表：

　　有 9% 是用在找钥匙；有 7% 是站在陈列架前考虑该租哪部片子；有 6% 在修录放影机；5% 在听达官显贵致辞演讲；4.9% 用在弄懂官员们是如何致富，并且为何没被起诉；4% 是讨论天气；3.9% 学速读心算；3% 唱摇篮曲；2.9% 等妻子化好妆和笑着听岳父咒骂政府；2.7% 削苹果皮和拆包装纸；2.4% 等查号台查到要问的电话；2.3% 在高速公路上听电台主持人谈哲学和医学；2% 回忆旧时光。另外各占 1% 的是幻想彩券中了头奖后去巴黎、核对彩券号码、到后院虐待小昆虫和庆祝找到钥匙。统计误差值为正负七八十以内。

优劣平均表：每放弃五个坏孩子，即可集中资源造就出一个审判坏孩子的好孩子；五个飙车狂送一个外科医生、五个杰出青年送一个虚无主义者、五个游民送一个企业家、五个赏月民众送一个清洁工、五个企业家送一个工运领袖，外加零点五个诗人。平均值永远是五比一。

正确堕落人格基本操作流程表：没吃过母奶 —— 牛奶里掺有海洛因 —— 智力测验时憋尿 —— 和校长儿子打架 —— 午餐吃洋芋片 —— 去建筑工地打杂时失去食指 —— 为了约会找地下钱庄 —— 从十楼跳下来被救活 —— 职业介绍所骗钱 —— 黑道帮派敞开怀抱 —— 袭警入狱 —— 出狱拾荒 —— 饿 —— 进棺材。以上程序皆可做部分的步骤调整，只要保持仇恨的原则不变就行了。

魔鬼书评两则

书名:《最新火车时刻表》。作者：铁路局。页数：二十页。

简介：本书将人的阅读经验做了一次划时代的革新，并且极清晰地阐释了现代主义与公共运输的关系。"交通"在此应理解为哲学家雅斯培所指的——觉悟到有他人的存在，如果宇宙一无他物，那自我亦无法呈现……火车的意象与时间的安排贯穿全书，这影射了文明机械中的个体静止与集体行进此两矛盾状态并存的"伪现实"，这词源于希腊文"戏迷"，表示意识的不自主扩张。火车到站时刻的预设，正象征宿命条件下使乘客的合作行为丧失了情感，并且唤起类似人对二次大战盟军运输及战术规律性的联想。读者切勿错过。

书名：《大台北分区电话簿》。作者：电信局。页数：两千页。

简介：本书是一场阅读史上的重大灾难，完全以分类学中最肤浅的"笔画顺序法"呈现都市通讯的庞大。姓名与数字的一再重复排列，便是本书全部内容了，这不但污辱了极限主义的美学，更让表格叙述观的作用被彻底地功能化。这种为了执行联络彼此的法西斯效率论，早在一九五二年出版的《养鸡与统战》一书中，就已经寿终正寝了，没想到今天仍有人想借由电话号码的抽象感，重返后逻辑主义失智化的坟场，把都市个体效应整理成如此空洞的一种复制结构。引用古埃及石碑上对这种反观察概念所比喻的形容词——猫步，便足以说明本书有多么令文明蒙羞了。读者切勿亲身尝试。

地狱旅游指南

　　自从从事"灵媒"的工作之后，我便结识了一些鬼魂，加上前阵子我在潜水时不慎被一群毒水母热情拥抱的机缘，促使我想写一篇有关地狱的旅游介绍，改变大家对它的不良印象，其实若能细心体验，相信你会开始怀念人间。

　　简介：当地居民多半生前为非作歹，脾气大致是广岛原子弹的两倍，除非确定自己武功盖世，否则如果在街上遇到墨索里尼在踢正步，还是别打招呼的好，免得他逼你去当兵。当地的名胜古迹除了刀山、油锅和奈何桥之外，有一间戏剧院，全天都有越共和美军用各种花招互相虐待的表演，座位上还附赠呕吐袋，不过院方限制孕妇、儿童以及心地善良的人入场。我是因为支持核武才获准入场的。

交通：当地公共运输发达，只要十元就可以请鬼在后面挥动鞭子逼你快跑。路面情况不良，常有火焰及血泊。

饮食：当地主食为河豚、蜈蚣和农药，如果吃不习惯可以买一本讲食人族料理的食谱回去自己煮，书上清楚说明烹调人类的步骤，如何去皮去骨等等。只要在传统市场就能买到卫生合格的从东欧进口的人肉。

购物：当地的货币有三种，灵魂、尊严和良知。有一次我只是在一家古董店被老板骂一下祖宗十八代，就买到了一把砍过半数黄花岗烈士的大弯刀。那里的美容塑身中心很热门，只要出卖智商就可以年轻个五十岁没问题。到地狱旅游应避免旺季，注意随身携带十字架。

影集观测站

有一部新的美国电视影集，内容讲述三个年轻的女巫，如何用魔法钓男人，及如何收拾这么做的后果。这三姐妹各有一套本领，一个预见未来，一个能分身，一个能让物体暂停，这三招正是目前小布希[1]政府最需要的，例如：暂停全国飞弹防御系统测试，分身去图书馆查查什么叫地球暖化，顺便预见未来要不要军事介入马其顿战乱。

女巫题材的影集，其实并无新意，说穿了只是把霹雳娇娃送入阴阳魔界，然后加上一些校园爱情和小叮当的要素罢了，它顶多是没有海景的《海滩游侠》，只要女演员穿上泳装，台词怎么胡说，都不会有观众注意到的，可是电视上的中文字幕，

1　即小布什。

每次都会正好挡住她们的胸部。

另一部喜剧影集就更鲜了，四个整天约会的纽约女人，最后在床上体悟到希腊圣哲所没谈过的人生真谛。巧的是剧中四个女人也有超能力，一个能把所有男人看成蟑螂，一个永远遇不到好男人，一个是当好男人遇到她就变坏，另一个是对"好男人"的定义会把爱神吓昏。如果再加上一只小狗，就可以算是《绿野仙踪》的成人版了，你看，莎曼珊没脑、米兰达没心、夏绿蒂没胆、凯莉想回家，不是吗？

电视影集中的女主角总是些等爱的单身女郎，包括情报局调查员或急诊室医师，她们故意以单身嘲笑世间没有好男人的事实。已婚女人在影集中出现，通常只是尸体。

科学新知

一、根据最近研究报告显示，一九七〇年代的人类智商，大约只有现在我们的一半高而已，其部分原因是当时的人长期收看《霹雳娇娃》影集，以及食用鲜乳中含有一种会造成脑细胞瞬间变成糨糊的碱性物质，这是由于乳牛在泌乳期间，听了太多收音机里的迪斯科音乐和尼克森[1]演说的关系。

二、生物学家最近在非洲肯亚[2]北部，发现一种蜗牛居然爬行的速度高达每小时二十公里，比大象跑得还快。它们的腹足部位有一块弧形的弹射肌，每次收缩可击出数百磅的力量。专家推测，这种突变很有可能是因为当地的土著巫师在施法时，正巧有一只蜗牛在现场出没，所以不慎实现了蜗牛祖先们长久

1　即尼克松。

2　即肯尼亚。

的梦想。不过巫师还是求不到雨。

三、纽西兰[1]南岛的南艾尔波斯山脉，和美国女歌星布兰妮·史培尔[2]的胸部一样，每年隆起约一点三公分。

四、一位华裔天才儿童向英国报社表示，现在格林威治[3]的原子钟显示的时间，已经慢了四秒。因为他计算出每九百年加闰三秒，而另一秒则是因为飞碟上周飞过子午线的关系。不过政府还是不相信，他们认为"郑氏原理"全是一家日商手表公司搞出来的宣传花招，直到前天美国在试射火箭时才发现，指挥中心才倒数到三，火箭就飞了。结果美国脱口秀主持人在节目中说：黄石公园的喷泉都比他们的原子钟准。还有他们的新年倒数要从十四开始。

五、宇宙中人类找不到有高等智慧的生物，因为只有白痴才会主动跑来要和人做朋友，或者是被人类找到。

1　即新西兰。

2　即布兰妮·斯皮尔斯。

3　即格林尼治。

胡扯档案

一九八六年七月，得州北部一个小镇上发生了怪事，许多居民一夕间突然忘记了九九乘法表和怎么使用打蛋机，有人对稻草人传教，有人在冰箱里找袜子，有人向医生点了一份法式鹅肝酱后，就和体重计聊起海明威的小说。

为此联邦调查局派出探员史考莉和穆德，专程前往与当地卫生单位一同进行侦办。他们从检验报告中得知，镇上空气、水源和能源供应品质皆正常，连酒吧舞娘和飞车党徒的日记本上也没有异状，全只是"今天我又把小费塞进胸部了""今天我又和毒枭在撞球间打架了"这类流水账。不过案情在史考莉接触了一位帮她顺便复习南北战争期间历史的失智的老师后，终于有了进展。

部分证据显示，失常的民众都食用了某位外地人所贩售的番茄，那位有两个鼻子的小贩初步推断是外星人，因为听说他的外套上印有"我爱火星不爱纽约"的句子，甚至有目击者看到他对着月亮的方向打旗语说：计划进行顺利，明天即可完成让所有人幻想自己是舞王弗雷德·亚斯坦的任务……穆德不相信这位舞厅老板的证词，继续研究番茄的产地环境。不幸地，隔天全体镇民齐聚镇公所大跳踢踏舞，口中哼着盖希文[1]的曲子。探员最后在广播电台抓到那位双鼻小贩，并从口袋中搜出一台控制脑波的怪收音机。他说早晚火星人会让得州人放弃听乡村音乐的，然后没说原因就神奇地消失了。穆德要将收音机关掉时不慎按成换频道，于是镇民们便在施特劳斯乐声中改跳华尔兹。

1　即格什温。

大典

　　司仪以激昂的语气说：首先通过司令台前的，是我们雄壮的三军兼职酒店舞男大队，看他们出众的长相和体格，让多少看太多爱情小说的女人，自愿把刚弄到手的赡养费全数奉送，这象征着我们的岛屿正迈向情欲自主的康庄大道！接着是青少年飙车族大队，正以时速一百公里速度飞快通过司令台，他们精神抖擞地比出中指向"警政署长"致敬。看！他们手中挥舞着西瓜刀并抢夺妇女皮包的英姿，正展现出我们社会新生代的无比活力与自信！

　　再来的队伍，是民间拒绝兴建焚化场、拆除违建及车祸、医疗纠纷受害家属共同组成的大联盟！看他们失去理智的豪勇气势，充分表现出攻无不克、战无不胜的大无畏精神！若是镇暴小组胆敢来犯，必定予以迎头痛击，石头木棍齐飞。这让我们深刻了解到，他们的事比别人的事重要，不，只有他们有事，别人都没事，所有人都对不起他们，感谢他们为正义为所欲为。他们带着自行研发成功的武器，包括一次可连射六颗鸡蛋的全自动鸡蛋枪，以及一次可撒下五吨冥纸的冥纸轰炸机。火力之强大，足以命中摧毁一个文明社会的教养。

紧跟在后的花车，是由人蛇集团提供，主题是：假结婚真卖淫。看这个美丽的队伍，正是民主自由的果实，这显示出连没钱养小老婆的人，也玩得起高水平女人的平等真谛。我们释放的鸽子是流浪狗，我们飘扬的旗子是红白相间的塑胶袋，有土地就有它。

第 三 幕

性爱讲座

性爱，这个问题在许多场合，我们可能都要随时对此发表看法，为了避免失言和回避，我最好还是预先思考清楚，准备好一篇声明。

坦白说，我最不懂的常识除了税法之外，就是性爱。其实就算是《阁楼》杂志主编，恐怕也不敢宣称自己很懂，何况凡人。没办法，七〇年代性解放时我还年幼，只对超人有兴趣。八〇年代性解放结束，人们玩累了就转而崇尚灵修、冥想、苦行和自然素食，枉费我堂堂迈入青春期。等到九〇年，我已成为神学家。

不过听说现在性解放狂潮又回来了，而且这次变本加厉，连杂交都有科技产品辅助。真是气死人不早说。算了，反正我也没胃口了，我的脑子里现在只有以色列的历史和法律条文。

新闻上常说什么现在女孩子多开放，性泛滥像海水倒灌，召妓比招计程车容易。奇怪，我就从没遇过这么好的事。我遇过最性感的事，只不过是在麦当劳有一位拖地的女职员，叫我把脚抬起来一下。也许这就是上帝制作的整人节目，或者他又和某个善用激将法的魔鬼打赌了。

性爱根本上是反文明的，文明社会凡事讲效率，可是夫妇晚上在房间里却从不讲效率，这也算好事多磨吗？

我想性爱只是有钱人的专利，和高尔夫球一样。他们有按摩浴缸、粉红色的床单和生蚝大餐。一般三代同堂的穷人，你想他们深夜敢轻举妄动，或挥响皮鞭吗？那可能会不小心打到三舅妈。

先礼后兵

　　没错，要先有爱情才能有性，但问题是如果爱情一直不来的话，那性不是就得大排长龙，好像一大群歌迷在等待一个要大牌的歌星出场一样？大家的胃口被吊得失去理智，于是怒斥：到底爱情是来还是不来？我们这群性欲已经站在这里枯等了十几年了，就偏不信爱情有什么了不起！根本是在造神！它凭什么控制我们？结果好不容易等到歌星真的出场时，歌迷早就对他没兴趣了，甚至追打这个自命清高的家伙。

　　同样道理，如果爱情终于出现，那是不是表示性就可以无限制地万箭齐发呢？好像公司管钥匙的老伯迟到，他一开大门，所有坐在阶梯上久候的员工，纷纷丢下早餐和报纸，成群拥进大楼，顿时将一夜的寂静与纯洁打破。其实就算没钥匙开门，最后大家还是会随便找个类似"爱情"的东西，硬把大门给撬开，先进去再说。

谁都晓得爱和性皆很神圣，而且不可分割，互为因果，就像买一包五元的乖乖即赠送一只塑胶玩具小恐龙一样，一上瘾便很容易本末倒置，最后变成了只为拿玩具才买乖乖。如果不是为了性才相爱，难不成是为了打网球？社会的价值观总是把平凡的渴望弄得太理念化了，甚至不惜拍电视连续剧，每天准时毒害大众心智，把爱情吓得不敢出场。我有预感公司的大门会永远关着，但没关系，我们可以到公司附近去逛逛，忘掉等待这档事。妈的！你看对街，人家果陀[1]都来了，老伯还不来。

1　即戈多。

兴奋的方法

《柯梦波丹》杂志上说，九成以上高教育水准的人，在夫妻亲热时喜欢说脏话助兴。可是像我这种低水准的工人却正好相反，我和妻子亲热时喜欢故意说很文雅的话助兴，例如背诵李商隐的诗，或是在赞美对方臀部时引用莎士比亚的台词。这种相反的现象很奇怪。有一次我就是因为不小心去哈佛旁听了一堂比较文学课时达到了性高潮，教授还以为我是被蝎子咬到，才会倒在地上抽筋的。

对于高水准的事物我很讨厌，例如五星级饭店，盖得越大就表示我越没资格进去。还有歌剧院，那里头也没卖爆米花，只能坐着听一个两百磅重的俄国女人尖叫两小时。我认为如果图兰朵问卡拉夫数学题目，就不会被他答对。看到一半我就睡着了，醒来时已经是第三幕，我以为大家提灯笼是为了庆祝元宵节，而彻夜未眠是因为没带钥匙。

相反在没水准的地方我就如鱼得水了。前天纽约色情片影展请我去当评审，和我一同担任的还包括一名司机、一名强暴犯、一名市立中学班长和一名在电视上传教的神父。今年最佳影片《女伯爵发春》是以法国大革命时代为背景，布景和服装都很考究，那位车夫花了十分钟才把女伯爵的古装上的排扣全部解开。而演员在亲热时把餐桌上的东西全扫在地上，其中有一个打破的花瓶听说是路易十六所留下来的古董。得奖的女主角因为那天去做隆乳手术，所以由导演代领。今年日本已是第五年连获最佳外语片奖了。不过领奖人致辞文雅，所以很多人和我一样抽筋了。

单身自救会论坛

最近有两项关于可怜虫的法案通过，这势必引起舆论强烈的广泛讨论。第一项：四十岁以上之单身男女，必须要主动到警局做指纹记录建档，理由是要缩小社会上刑案侦办之范围。第二项：六十岁以上不曾有过性行为的男女，皆可获颁"全勤奖"，终生乘车及租影片享有半价优待，并将由宗教联盟赠封为荣誉神父及荣誉法师，定期安排至中学演讲如何向性欲说不。问题是再多奖助，大概也没人愿意领这种"全勤奖"。

歧视单身并无恶意，这用意只是要敦促民众尽量追求姻缘。这话题敏感得像人的腋下，平时是夹得又热又湿，看不到但又闻得到，一碰到则令人不禁想躲想笑。

单身的人多半为了不让别人担心，所以经常保持愉快，但这愉快反而令人既敬佩又痛心。甚至有些人认为他们该为自己瓜分了社会同情心而感到羞耻，许多弱势团体需要的关怀已经不够分了，现在还来了这一个寡言的神秘转学生。

单身已经够糟了，却又有一个情圣哥哥，我这边房间是诵经念佛，而隔壁房间他却是夜夜大玩色情奥林匹克，这摆明欺负人！税局对我应该订一些减税方案。是我们弃权，才使富豪有那么多酒家女可玩。不过话说回来，最可怜的并非一生从未上床的人，而是一生只上过一次的人，因为后者比前者明白自己损失什么。

约会惊魂记

如果我和别人交谈时，背景有一整个管弦乐团齐奏的话，相信我也会像电影主角一样生活幸福，而非总是谈吐低俗。至少要与人坠入爱河也才不会那么难。

有一次好不容易将收音机调到柔美的音乐，结果当我正要向莎莉背诵一首法文的诗时，音乐刚好结束，马上进行洗衣粉的广告：好洁白的内衣哦！真无法相信你是矿工……我和莎莉认识十年了，但是却无法交往，这全是整个社会的错，包括洗衣粉公司、路灯管理局、食品检验局、女性主义书店、"法务部"、台铁等等这些都有责任。他们唯一帮上的忙就是制造一个绝不罗曼蒂克的环境，让我们约会时有话题可骂，愈骂情谊愈深。太好了，相信再过不久，等到社会腐败灭亡时，那我们大概就可以结婚了。

这绝不夸张，有一次我们到阳明山赏夜景就差点没命。当时聊得正开心，一个歹徒便从后方举着菜刀过来说："把钱给我！"我们害怕地回头一看，大约沉默了三秒，我灵机一动便假装气愤地指着莎莉说："好，阿花算你狠，原来这就是你约我来的目的，你和他是不是有一腿！"听到我叫了假名，莎莉马上配合演出："怎样，我就是要叫他来教你什么叫男子汉。"我说："你以为你爸是刑事组的我就怕了吗？想想我是如何为你携械逃亡的，你要钱以后自己去抢银行。"她说："我今天总算看透你了，我管你是空手道七段的教练，看我怎么收拾你！先生，菜刀借一下。"于是我们追打着逃离现场，保住了钱和命，还赚了一把菜刀。

婚姻历险记

婚姻是爱情的坟墓，没错，一年才扫墓一次，而且沿途大塞车（还有，账单是爱情的鬼魂），这就是结婚周年纪念的写照。我牢记这天日期是因为忘了的话会被盗墓。

我和妻子这十年来的关系比韩国朝鲜的情况更糟，一点统一的曙光也没有，而且没有国际组织派阿姨来调停，只有当发生饥荒或军事冲突后，才有亲戚来煮泡面或买药膏。几天前不幸的事发生了，我去买安眠药时抽奖得到头奖：夫妇同游拉斯维加斯来回机票。当时我想，也许同花大顺可以挽救我们的婚姻，至少吃角子老虎机可以把她缠住一阵子，而我可以去夜总会看跳大腿舞的女郎踢毽子。赌城恐怕是我和妻子可以有共识的唯一地方：七或十一点。

我们住的是间以六〇年代为主题的饭店，柜台有做成大麻烟样子的糖条赠送；服务生全部打扮成嬉皮，例如电梯操作员就全裸，臀部还写着"尼克森下台，我才要性爱"；在大厅玄关还摆着一对男女随地交媾的铜像。耳边的音响则播放着一首民谣：钱都到哪去了？钱都进赌场了，赌场都在州长名下了，州长都卷款潜逃了……这时候妻子已经匆匆去兑换代币，顿时我发现我们的爱情连坟墓都没有，只有一具弃于野地的腐尸，还被兀鹰叼走了肝脏。

　　不过时来运转，那天我赌赢了一百万，害庄家下班后被老板送到秀场和白蟒蛇演出一场激情戏。最后妻子重回了我的怀抱，我是又气又喜，这证明人是会变好的，不过就像法医能让尸体说话，问题不是能不能，而是多贵。

独处真糟糕

想要在大都市里过着独居的日子，其实并不难，只要你做人失败，保证绝对不会有人来打扰。

独居生活恐怖的地方不在于睡觉时会被鬼压床（我前天就被一个生前是相扑选手的日本胖鬼压住了，他因为想吃甜点所以灵魂一直留在人间。我不信他只有三百磅重），但找不到人求救。而是在于婚友联谊中心经常为了拉生意，故意在我的信箱里猛塞色情图片。拜托，如果这招会有效，那在报摊卖成人杂志的老头子还用得着天天听平剧[1]吗？我试着尽量培养高尚的嗜好，来对抗充满都市中的各种诱惑，例如下班后去听音乐会。本来我很怕听音乐会，因为有些乐团为了煽情，常常把音乐搞

1　即京剧。

得像核子试爆一样，我就是因为去听了一场华格纳[1]歌剧才会牙齿脱落、掉头发、失明外加丧失生育能力的。要不然就是会遇到"屠宰钢琴之夜"，我搞不懂为什么他们那么爱弹李斯特的奏鸣曲，这种曲子除了能让台下看见女钢琴家的胸部频频抖动之外，大概就只能算是新秀入江湖的一种检定。这有点像少林寺弟子在过十八铜人阵后，要用香炉在手腕上烫一个疤，好让内行人一看到就会倒退三步，拱手作揖说："大侠失敬。"

　　散场后我去星巴克喝咖啡，发现现在星巴克为了本土化，已经不用杯子而改成直接用塑胶袋装咖啡，然后插一根吸管，让人回忆以前喝冬瓜茶的感觉。这番寂寞的感觉让我想起了祖母的话：想哭就顺便去厨房切点洋葱。

1　即瓦格纳。

有仇人终成倦鼠

　　每年二月十五日的仇人节，距今已有上千年历史了，最早的起源可追究到希腊古代特洛伊战争。这天仇人们可以互相赠送爆裂物，或者寄上写有脏话的冥纸卡片。至于年轻仇人则偏好互泼硫酸，或泼红油漆、在咖啡里掺泻药、强拍裸照之类的激烈庆祝方式，而且新招连连。

　　送爆裂物时有一套密语：一根冲天炮表示"贱"，两根表示"可恶"，三根是"不要脸"，九根是"炸死你这个王八羔子""住院久久"的意思。各种解说都有，反正数量愈多愈有不共戴天的宣战意味。心理学家认为：适当的暴行可以抒发人类心中的仇恨，很像地质学中所谓的"自然的周期性能量释放"，例如地震的作用。当人类在斗争中玩累了之后，便可以换取另一段和平的日子，而"仇人节"的意义便是在这。这位心理学家最近因为把手上一些名人隐私消息卖给绯闻杂志，不幸被告入狱。

平常为非作歹的人，在仇人节这天特别不敢出门，这也就是部分贫穷国家的政府要把这天定为全国放假日的原因，好让官员们去关岛避难。所以仇人节多少也带有约束人们平时行为，以及无产阶级至上的理想色彩。不过，这种威胁很容易受到有心人操控，而成为鼓励私刑。许多误会便是这种节庆造成的，我在歌剧院就曾无故被一群青少年强邀穿鼻环和听日本流行歌。无奈这便是仇人节打破伪善假象的代价。其实有不少仇人在这天放下成见，重新和好，毕竟大家都怕被对方在赏月时推下悬崖。

西线无糗事

火车站前真不是个与人约见面的好地点，前天我和朋友在那里碰面，结果当天电视新闻在播出一则天气变冷的消息时，正好一个望远镜头拍到我们彼此问候的画面，主播说：今天许多民众都穿上了厚重的外套，我们看到镜头中的情侣就穿了一件仿冒的丑毛衣……有时候新闻报导失业率或性行为调查时，也会正巧拍到我在车站天桥上走路。主播说：现在满街都是无业游民，镜头中这位正在挖鼻孔的白痴，看他落魄的样子，可见问题多严重，再加上性行为的泛滥……我们再多看他一眼，衷心祝福像他这样的人……老天！我可以告电视公司吗？

约会对一位三十岁的单身汉而言，无异于一场重大的军事演习，准备工作和临场反应都须建立在高度荣誉感和计算精密的策略之上，所以买衣服、理发和上健身课的费用，就如同国防预算一样重要。曾经有一位朋友在约会时，因为笨到带女伴去逛五金行而不幸阵亡。

我通常把碰面地点约在书店放《白鲸记》的位置，一来不会认错人或罚站在广场，二来若是又被放鸽子，我还可以再读一次《白鲸记》。我认为演习地点最好是在可以马上获得各种支援的闹区，例如气氛不好时，可以下令：部队请补给摩卡咖啡和口香糖，还有快预定凯悦饭店的座位和两张电影票！报告损伤情况：目前"自尊心"营和"形象"连皆严重受挫，连发的小笑话和钞票在"服饰店"战役中耗尽，而"罗曼蒂克"排则全军覆没，请求指示。

不可贪恋别人的妻子的外甥女

莎莉是本校校长的太太的外甥女，化学课时坐在我隔壁。由于长得很漂亮，所以我心中很感谢她能笨手笨脚地不小心把二氧化锰打翻到我身上，幸好没有腐蚀性，不然我就会出现在下一集的《蝙蝠侠》影片中成为新坏人。奇怪，丑人口说真理显得唠叨，但美人口出秽言却显得性感。

她给男生搭讪机会的方法很奇怪，比方军训课时和人家擦身而过的刹那，她会故意装作不小心把五七式步枪或手榴弹掉到地上，我就是这样差点失去右手的。还有她的厨艺很糟，你只要晚餐时间看哪家屋子冒出浓烟，门口有消防队待命，就可以找到她住哪里了。她切蛋糕时会连保丽龙底座一起切下去，她炒的青菜里会掺杂砧板的木屑。连这么多笨拙我都能忍受，可见人只不过是有思想的动物。

虽然我是个连说梦话都在背校规的好学生，但是看她在体育课跳木箱时，我还是会突然忘掉些重要的东西，例如名字或什么的。周末我租了部讲一个外星人转学到地球，结果他带同学跷课到月球上，害得太空署和校方及家长差点引发国家内战的电影，然后邀请莎莉到我这间租金比我的自尊还低的公寓来。这房子是海砂屋，天花板看得到螃蟹和水母的化石，还有辐射钢筋和辐射沙拉油桶。我的楼上住了一个教弗朗明哥舞的西班牙人，我们被踩步声吵得受不了，结果我们干脆上楼参加，因为学生很多，玫瑰花不够，所以我只好咬着百合花跳舞。

第四幕

你的鞋带没绑

小眼睛与大拳头

犯罪前要记得去算命

现代名胜

一分天才加九分长相

日新又日新

求医记

下一站是河里

一个民生斗士的演说

我喝咖啡会胃痛和一直讲意大利文

你的鞋带没绑

屈原大概是人类史上头号的忧郁症患者，他的作品就是最佳的医学文献，它记录了人心理最深刻的绝望。就算当时弗洛伊德正好在汨罗江附近钓鱼，又正好会说中文，恐怕也阻止不了他寻短，像这样：

"你要找石头做什么，烤肉吗？"

"不关你的事，对，我要拿石头练习马戏杂耍，你叼着你的鬼雪茄滚远一点。"

"我只是担心你站得太靠近，小心掉到河里。"

"掉下去最好，反正活受罪也没意思。"

"这个……对人生有负面看法是很正常的发泄，这只是一种先天的手淫情结，你放轻松一下，不要太认真看待人类文明，我不知道你的苦闷是哪方面，但相信那一定不值得你自杀；谁说自杀？我有说吗？"

"不不，我觉得是你把死亡看得太认真了，我只是选择以精神的形式存活在世人心中，我的国家被奸臣拿去当洗脚水，我认为生死已无两样。"

"老天，你可不可以只是……不要死，等一下媒体记者和一一九[1] 就赶过来了，我会被警方侦讯，不是真逊。反正我知道你不相信我的乱伦做梦理论，我看斐迪南国王也很不顺眼，但是……"

"听着，胡子男，就是你。我觉得自己太苍老了，你就行行好，放了我吧。还有，你的鞋带没绑。"

结果趁弗洛伊德一低头，他就跳河了。古代暴君统治下的百姓，可能全国都有忧郁症，加上长期缺乏摄取维生素，何况又没游乐场，所以发生战争是早晚的事。有一次大卫·莱特曼访问屈原说：吃饱了没？要不要来个粽子？

---

1 台湾地区的救护车报警电话。

小眼睛与大拳头

东方人的好胜心与得失心是出了名的强，输的话搬出中庸哲学，赢的话放鞭炮；生女孩讲男女一样好，生男孩放鞭炮。西方人不肯定我们，就骂人家不懂、没权威性、被利益收买，如果肯定我们，猜怎么着——放鞭炮！

好像高球王伍兹去打篮球，显然走错地方，这种挫折使我们的人格倾向自我迷失，并存在着一种在西方性质的强势文化威胁下的冤屈感。一方面误解自己的专长，另一方面又吞不下那口气，于是我们老爱吵架，附带打打老婆和小孩，以消泄一肚子不满与自卑。

东方人的内心一直很在乎能否被外人肯定，自己肯定的都不算数，而且绝不承认自己这样，拼命把膨胀当自信。我们缺乏创意来发展利于自己文化特长的活动，而只是一心想打入人家所建立的社交圈内，到头来不仅搅人家的局，并且凸显出我们的不识趣，使认真变得滑稽。

东方人的骨气十足，可惜全是为了要教训人家，而非像祖先一样，由自我了解开始，慢慢发展出另一套足以傲视外界的文化价值。在西方标准的裁剪下，我们必然摆脱不了受虚荣心宰制的命运。虽然我们的长相不如西方人好看：小眼睛、扁平脸，甚至比不上阿拉伯人、拉丁人、非洲人。事实如此，我们的原住民之所以比较好看，就是因为像外国人。但这正表示我们更有条件追求心灵上的收获，反正约会或派对都没有我们的事，我们实在不必为了没照到聚光灯，就摇身变成看哪块招牌都不顺眼的功夫狂。

犯罪前要记得去算命

　　高知识阶级女性和低知识阶级男性，是今日社会上未婚族群的两种人。他们不像部分聪明的男人和部分笨女人那么抢手，也不像中等程度的男女那样门当户对，这是行销与进化论结合的悲剧，现在要替他们找有内涵或身材像园丁一样好的对象真的很难，这是国家人伦与性的浩劫。

　　像我是个开计程车的，我真的不敢找女博士约会，万一她在晚餐时问我对于魁北克省独立运动领袖布萨下台的看法的话，我一定会被鱼刺鲠到喉咙。我实在不想偷看一个研究果蝇基因的博士的胸部。这不是开玩笑，前天我在车站偷摸一个小姐的臀部，后来才知道她是国际特赦组织中的某位高级干部，那天她虽然向政府要求释放一位左派的思想犯，但还是坚持告我性骚扰。我真怀念从前男女都没有读过书那种纯朴的模样，现在的人要是没进研究所读点书的话，是会没有后代的（结婚生育）。

不过原则上，没有任何挫折可以打倒人的，所有励志书籍都是这样写，未婚的人自有办法去摆平问题，所以也不必太过担心。算命的告诉我，我可以活到一百二十岁，可惜现在因性骚扰被判无期徒刑，将来得被关到一百多岁。也许我可以趁机会多读些书，然后在狱中和女性科学家通信，讨论蚂蚁的社会，或者透过网路经营一家公司，然后在假日探监面会时相亲结婚，度蜜月时可以绕监狱操场走三百圈。还有靠冷冻科技可以体外受孕，也不会绝后，我还可以通过对讲机教育孩子，说人生有多美好之类的事。

现代名胜

　　世界各地都有著名奇景，即使是在大都市里也一样。金字塔、钟乳石、摩天大楼、歌星的签名队伍等，无奇不有，而且多半都有一段故事或深刻的成因。不过我实在搞不懂，为什么屈臣氏总是喜欢把店里的商品叠成一堆堆柱子？我晚上就做过一个噩梦，梦见有一堆妇女用品叠得像希腊帕特农神殿的柱子那么高耸，然后突然一堆倒塌的特价丝袜把我压扁了。我的心理医生把它解释成性欲与希腊神话的认知受到消费焦虑症所胁迫的一种反射现象。

　　我在玩具反斗城还看过一整条的芭比娃娃隧道，很恐怖，我被粉红色和微笑包围，加上凯蒂猫的军队，那对我根本像鬼屋一样要命。我走出商店差不多连续三天，眼前都是一片绿色的补色，跟从屈臣氏走出来正好相反。还有很多都市奇景是无法解释的现象，例如每天吸入汽车废气和每天吃入有毒食物居然还活着，或者电视洋片频道的排片周期，这应该算天文学的领域。

我发现他们的排片是有律则的：周一播闹剧片，周二播烂片，周三播沉闷片，周四播怪片，周五播有特效特技的烂片，周六播一部好片，播完就接着播三部烂片，周日播老片和一堆新片的预告片。而专播好片的频道，则是每五分钟广告一次，奇准无比。我相信都市的奇景并不会比古代的长城不壮观到哪去，我们都为五斗米不但折腰还折寿，什么奇事都做得出来。前天我去超市应征面试，结果他们就考我叠洗发精，还要叠成一头大象的形状。

一分天才加九分长相

以貌取人是不对的，但我们天天专干这种事，求职和看哪台电视新闻不讲，就讲搭公共运输，你一上车看到两个双人座位上各有一个空位，这时候你就必须用一秒钟来观察判断，和哪个陌生人坐比较好，哪个人看起来比较不会咳嗽、比较不胖、比较不会疯言疯语等等。这很重要。

而像商家店员，更会对每位进门的顾客打量一番，看人家会不会买、是不是小偷、是什么行业的、结婚了没，这些全都靠外貌看的那两秒钟来判断，连神探福尔摩斯也不过如此。

有一次我去提芬尼[1]看珠宝，就被店员打了一份成绩单：头发是家庭式理发店剪的、梳子齿缝不密、没上发胶、没染色级、

---

1 即蒂芙尼。

没用眼部乳液、没定期去洗牙、没用香水、刮胡刀生锈、服装全在家乐福买的，总分负七十分，属于下十八级市民，发生水灾不用去救的那种。欢迎再度光临。

现在是人可貌相的时代，因为内涵根本没用途，除非是在加护病房上班。我妹妹以前在百货公司工读，她站在大门口向顾客鞠躬时，会顺便向大家讲解"全球化经济体与欧洲共同货币的影响"，结果就被开除了。后来她把赚来的学费，全都拿去做外科整形了。我认为容貌与内涵的范围是很难界定的，像美女主播说话就格外有说服力。

日新又日新

　　自从有一年菠萝面包涨价成十元后，这世界就开始不再美好了：老歌星的新歌不好听，新歌星唱的老歌不能听。一支原子笔用一年还用不完，一件新款的金饰，戴一个月后就被新款比下去了。我记得自己在八〇年代时还不会显得可笑，因为当时大家都可笑，我们都去戏院排队看美国陆战队打苏联，都一样不懂电脑、都一样有鱼尾纹。

　　但是现在我觉得好像骑脚踏车骑到高速公路上去了：五十岁的人没皱纹，五岁的小孩搞网站，美军变人质。我现在能了解为什么祖母整天在寺庙烧香了。若以一日千里的速度来计算，我距离社会大众大约落后了一两万光年吧，这有助于我成为一个泛神论者，我敬畏玄奥的行动电话、微波炉、视听器材等，我把使用说明书当作《圣经》来念，我相信科技产品可以保佑我平安幸福。我会考虑当个传福音的家电用品的推销员，我还写了一首诗赞美家电：

"它使我躺卧在青草地上"，请用有氧空气清净机喔。"它领我在可安歇的水边"，请用分离式滤水器。"它使我的灵魂苏醒"，请用太空乳胶床垫和记忆型枕头吧。"引导我走义路"，全功能强力手电筒，赞！"你的杖，你的杆都安慰我"，这要午夜以后才能介绍。"你为我摆设筵席"，万能食物调理机，你专属的神灯巨人喔。"你用金牌润肤乳膏了我的头，使我的金牌保温杯满溢，我且要住在金牌欧式华厦的殿中，直到永远"，我没有污辱宗教的意思。

求医记

上周我去印度看心理医生，诊所里的沙发床是一张钉床，过一小时我的忧郁症好了，但背上却严重外伤。不治还好，结果一位外科医生把我的衣服剥光，直接把我推到恒河里泡水，我没有被水蛭吸血，因为水蛭早被水中的污染物质毒死了。在河中约冥想了一小时后，我背上的伤虽然神奇地愈合了，但也同时得到了十七种新型的皮肤病。当地的皮肤科医生认为，若让我在美国的胡佛水库里泡个澡，大概整个洛矶山脉以西的居民，就会全数长出类似云豹花纹的红疹子。于是院方在治好我之前，已经先把我的血液抽了不少拿去国防生化武器研发部冷冻起来了。这种病便以我的名字命名，所以我的忧郁症又回来了。

回台后我连续三个晚上都梦见紫色的大象，以及一些印度教的神仙们用着各种奇怪的姿势交媾着。

我认为医疗技术的冷酷反映了生命条件的冷酷。人在仪器及药物的修补下，活像是一辆破车，整天就只有疼痛、等待。坦白说医院是个逼供和修道成佛的好地方，许多宗教组织就是看准这点，拼命在空调室里烧檀香，或者对病患念梵文。可怜的骨折病患，想逃也逃不了。

当然人性化医疗也不是没有，只是一分钱一分货，想要多少人性就因人而异了。有些富豪在小岛上就拥有私人的医疗设备和专属医师，打完针可以有椰子汁喝和看护士跳草裙舞。像我就只能寄托修佛来以心灵超脱肉体，当然我也会祈祷帮我开刀的医生会记得把肝脏放回原位。

下一站是河里

公车老是等不到是件好事，这样下次你幸运地看到公车时就可以闭目许愿了。

我曾经因为搭公车而差一点触法。有一次车上挤满了乘客，挤得大家身子贴在一起，那时我抬头看到车厢广告栏上，贴满了整排女性内衣的广告海报，有的还是胸部特写，旁边写了一行词说：看到没有，很有效吧！一穿上魔术内衣就大不相同！我忍住不看，闭着眼睛想些关于法律方面的事，可是站在我前面的那位女士，结果还是用高尔夫球鞋狠狠地踩了我一脚，幸运的是，她的藐视和躲避正好给了我一个较宽的空间。这便是男士不搭公车的原因。

世上若有缘分，那我每天上下班途中，至少和两千个人有缘，其中包括在驾驶座下藏武士刀的恶司机和在博爱座上一直咳痰的糟老头（他正好要去荣总[1]）。要说缘分，或许被车门夹到让职棒球员拉出来还比较算缘分。前不久有一次紧急刹车的缘分，我认识了一个小学生，因为当时他把手上一盒蚕宝宝打翻在我身上，其中有一只还在我耳朵里吐丝，后来他送我一张金刚超人的图卡表示歉意。这还算好，我跌倒压在糟老头身上，他把肺癌传染给了我。奇怪，当泳装模特儿在旁边时怎么不刹车或翻车？

公车乘客们在许多方面是门当户对的，大家一样买不起车，一样坐不起计程车，一样没有勤劳的丈夫等等。大家共患难的情谊，其实是可以和玉山登山队相比的，只要司机昨晚没有把财产全赌输掉，相信公车是不会掉到河里去的。

---

1 台北荣民总医院。

一个民生斗士的演说

　　我有一个梦想，我梦想有一家百货公司的一楼是男装部，而女人的化妆品滚到三楼去。我梦想有一天，所有的活页笔记本，都能统一打孔数，不要有什么十二、二十四孔的补充包。我梦想刮胡刀的可拆换式刀片能统一规格。我梦想速食店有卖任何绿色的食物。我梦想户政机关能帮未婚男女用电脑资料配对。我梦想指南书籍有用……

　　有人认为时间和雨水是公平的，我说才怪，穷人二十四小时住漏水的破屋子，有钱人二十四/　　喝茶看水灾的消息。有人说暴力与色情的电视会危害社会　　说才怪，坏人有节目看才不会有时间去为非作歹。

可怜的不法商人，如果世上真有报应，那他们可能会连指甲和头发都得癌症。可怜的电吉他大师吉姆·韩卓克斯[1]，他曾被警方以谋杀爵士乐的罪名逮捕。可怜的剪刀手爱德华，他既没有女朋友，又无法以剪刀手自渎。

电影中的男主角总是可以随便在路上就不小心撞到梦中情人，然后坠入爱河。这招我也试过，我从忠孝东路三段，一直沿路冲撞到四段，结果除了隐形眼镜被人家踢到仁爱路之外，什么女人也没交上。这个挫折给我一个教训，下次要记得先穿戴美式足球的护具，才能上街撞人。总之，这个社会在民生层次上，始终有着重大的缺陷，广告欺骗我们，性感女星在浴室洗澡唱歌录成唱片诱惑我们，朋友们，难道社会……对不起，小姐我刚才说到哪了？

1　即吉米·亨德里克斯。

我喝咖啡会胃痛和一直讲意大利文

　　只要看当地开的咖啡店数量，就可以判断当地人多想变成意大利人的程度，这也就是常常可以在天母忠诚路看到伟士牌机车的原因。

　　真有趣，人只是从一杯浓缩咖啡，就可以爱上远在十万八千里外某个没去过的国家。我承认自己在收看世界杯足球赛时，曾在脸上涂上红白绿三色过。没错，这是一种虚幻的情感，而且吃再多肉酱面和披萨，也无法让我的胡子变浓或有双眼皮什么的，但似乎愈虚幻就愈有吸引力。我和前妻就是因为感情不怎么虚幻，所以才互相投保大笔意外险的。出境的费用省了也没用，到头来这辈子还是要花不少钱在卡布奇诺和亚曼尼[1]外套上。

1　即阿玛尼。

事实上，在北回归线以南、南回归线以北的世界，是绝不会有什么咖啡情调存在的，这里的生活躲都来不及了，哪来提神醒脑的必要，要提神我闻袜子就行了，这还不容易。我猜短期内天母的咖啡店还会再开下去，因为我们所陶醉的幻觉，以及理想化的悠闲假相，全都得仰赖于咖啡店里的落地玻璃、英文店名及两打艾灵顿公爵的唱片来维护。

第 五 幕

黑色沉思录

音量全开

野性的呼救

恶之话

不可把生命只看成一百多磅重

新闻爱说笑

缅怀须忘怀

开玩笑守则

开玩笑守则

禁忌在生活中如果越多，大概就表示生活的形态越不堪一击，不过越是摇摇欲坠的牙齿，就越惹人不自主地想用舌尖推玩它。我的意思是说，我每次遇到严肃的场合，就忍不住想要笑。音乐会的曲目越伟大，我就越会联想到兔宝宝和达菲鸭一起用铜钹夹猪小弟的头的画面。

世上有些话题是严格禁止开玩笑的，以下简单列出几个绝对不能拿来嘲笑的事：宗教、疾病、国家构成的要素、女性主义、灾害还有莎士比亚。我听说牛津大学有一条校规是：如果在校园内私下或公开批评莎翁，要被记两小过和罚抄《马克白》[1]三次。他们的"莎翁研究协会"很厉害，连莎翁在

1　即《麦克白》。

一五九七年某天早上打了几次喷嚏都知道。

至于贫穷、怪胎和笨的主题，虽然在部分不主张一夫一妻制的国家内可以开玩笑，但因为通常现实即是如此荒谬，所以不好笑甚至很辛酸。七扣八扣下来，最后笑话只好沦落到谈性；可怜的性，它一出场大家就哈哈大笑。好笑和神圣注定是敌对的，我只要一到音乐会的慢板乐章，喉咙就会发痒，好像空气里有位小精灵在到处撒辣椒粉。有鉴于此，我特地为医师联盟弦乐团谱写了一首标题叫《咳嗽》的交响曲，其中第二乐章的华尔兹，我注明请全体观众跟着每小节的第一拍，一起任意地咳嗽，这样"咳、二、三、咳、五、六"，不过我怕再安可一次的话，大家会集体得肺炎。

当然有些事情是先好笑才变禁忌的，例如饭后倒立。

缅怀须忘怀

伟大的祖先们若是预知为子孙牺牲一切所换来的，竟是迷幻药、电动玩具和情趣用品，也许历史上就会省掉好几场保卫民主自由的圣战。我们今日辜负了他们高瞻的期望，看看我们是如何糟蹋这每秒钟都是由一名无名英雄的生命所换来的和平时光。

基于心中愧疚，我每天都安排了许多时间来怀念祖先们，不过即使我全年都毫无空闲，也很难做到每一位都没有遗漏。我通常上午是怀念水库、隧道、桥梁的兴建工人，下午则包括警消人员及炮战、空战士兵，晚上一样不轻松。你想想若是历代亡魂们全都一肚子不满，那这些比蚂蚁数量还多的忧愁，肯定会多到挤破大气层。真希望我还有两百年的岁月来完成怀念所有祖先的壮举。

如此我自然很快地就患了失眠症，我想到世上还活着的鲑鱼和饲料鸡，是如何看待一代代的殉难？想想舞厅里无数狂欢的人和坟墓里无数忧愁的人，我觉得我们活人像孤儿般被死人遗弃在这个介于天堂和地狱间的汽车休息站，我觉得生命贵重得令人无法配得承担，好像伊丽莎白女王把白金汉宫的大门钥匙和头上那顶皇冠暂时交给我保管，这重大的责任应该交给一个宁死不屈的硬汉，而非像我一样的人。

医生建议我把所有事都看成不重要，睡前潇洒一点照照镜子告诉自己，不要为良知感到压力。如果可能的话，床不要面对书架上那三十巨册的史书。

新闻爱说笑

新闻节目在日常生活中的重要性，就如同派对中的鸡尾酒，它能使陌生的人们有共同的话题，并透过碰杯子表达初步的友善。当然它也可能因为制作失误而使大家中毒。

新闻主播小姐兼具学识和美貌已经是通理，她们的成就粉碎了从前认为漂亮必定愚笨的偏见，当然也粉碎了漂亮必定愚笨的梦想。对于大众，他们出现的时间和地位，就像是家中的一员般熟悉。每天七点准时打开电视，一边幻想两人在单独交谈，一边关心印尼回教势力的扩张。我就曾经睡觉时梦到张雅琴跑来很温柔地在我耳畔说悄悄话，她说："英国《泰晤士报》十五日引述专家意见指出，困在俄国北部巴伦支海底的俄罗斯核子潜舰，所携带的放射性物质如果外泄……"

不过驻海外的新闻记者就没有外貌上的限制了。就有一个驻华盛顿的记者身材很胖，他每次站在白宫背景的镜头前，都会不小心把白宫挡住了，他一定要侧着站才不会挡住白宫和国旗。电视新闻并没有歧视年长和丑陋的人，就像空中小姐总不能让年老的颜面伤残者来担任，这是为了展示中华民族比亚利安人[1]优越的办法。

新闻结束的片尾音乐多半是轻快优美的音乐，有一次片尾播出的画面是巴西水灾，结果配乐还是史坦·盖兹吹奏的狄萨芬纳多。

---

1 即雅利安人。

不可把生命只看成一百多磅重

　　每天有十几个人自杀并不令我惊讶，我比较惊讶为何每天还有那么多倒霉鬼愿意活着。

　　现今消防队的正式编制中，会有一个负责劝说企图自杀者打消念头的辅导员，平常没事时他要负责替队员把空酒瓶拿去退钱。为了见识他们的口才，我故意在十楼阳台上佯装妻子加入俄罗斯马戏团的伤心样子，当然这绝非交朋友的正确方法，我只是想体验受溺爱的感觉。

　　"先生别跳，你要什么都没问题！"

　　"好，我要巧克力冰激凌加碎核桃，还有'教育部长'，我要他穿灯笼裤用意大利文唱歌剧。"我说。

辅导员的努力认真令我怀疑他是怕失业后，得要回到拍片场去帮异形的身上涂凡士林，或是把饼干屑倒在使用前的洗发精广告模特儿的头上。大约过了三小时的僵持，我们便回顾了从希腊圣哲到今日流亡的宗教领袖等诸多学说思想，结果没想到当我问起他的罗曼史时，这位辅导员居然反而跳楼身亡了。对此我深感内疚，于是我带了两份寿司和一瓶健怡可乐到天主堂去告解，可能是我占用了太多时间，所以忏悔室门外排了一行在背上有一面像西斯丁教堂[1]壁画的刺青的人。那位神父很会套话，他可能常私售消息给情报局或卖题材给爱情小说出版社旗下的少女作家，否则最近那本《坠楼情深》是哪来的？出版社看准了我不敢控告神父和作者，因为书中有几段虚构的性历险，我总不会笨到去认领吧。

1　即西斯廷教堂。

恶之话

　　野狼、鳄鱼、蝗虫、老鼠等等这些自然界的流氓恶霸，令许多动物又恨又怕，而且既不绝种也不肯稍微往好的方向演化一下，长久以来自然界就像一个黑暗的江湖。偶尔伸张正义的老鹰会即时把一条刚吞下半打鸽子蛋的蛇叼走，但一场森林大火后又马上改朝换代了。

　　这种悲剧一样没忘记降临人间，社会上自古就有土匪、奸商、贪官、暴君等等，这情况就和自然界的害虫一样正常，不必惊讶或期待消灭他们，我想上帝设计各种败类，就是为了要凸显天国的美好，使人更甘愿星期天早上陪他聊聊天，并学习在苦难中互助相爱，帮他分担一些工作量，免得他心情不好，干脆又用瘟疫把我们这些客户删掉。甚至从科学家的角度来看，腐败是自然中不可缺少的一部分，对环境生态整体平衡是有益的，低阶层的小鱼生育数多一点，就是要喂饱中阶层的大鱼，如此层层剥削。

生态定律的报导使人认清不少事理真相。像是家庭废水的大量排放，就是一种合群的表现。坦白说人类耍狠的本领顶多也只是搞搞核爆、污染、浪费资源，况且还拿不定主意，矛盾得要命。以前年轻人说过一句极受责备的话：只要我喜欢有什么不可以。现在想想，这句话正好完全代表了整个人类文明的负面特质。也许我们诞生的使命，就是要把这没完没了的美好生态做一番了结，像是一把从天而降的森林大火。这黑暗的江湖真幸运碰到我们来搅局。

野性的呼救

　　古时候曾经有一天，两条鲈鱼夫妻在水中一起游来游去，突然间，岸上有一位叫摩西的希伯来人，使出了神力把红海分成两半，从此那两条鱼和其他许多可怜的鱼类，便不幸地妻离子散、家破人亡了。

　　没错，人类的历史肯定是壮烈的，但我相信同时期其他各种动物的生存史，也不会逍遥到哪去。想象若一匹马或骆驼具有思想和史观，它会如何看待祖先们在元朝所发生的诸多灾难？我听说本来史匹柏[1]要拍一部辛德勒的亲戚去麦当劳的牧场，救走了上万头差一点被做成麦香堡的鸡猪牛只的续集电影。我相信人对苦难的感受比其他动物强，因为猫狗没有钱放在银

1　即斯皮尔伯格。

行，对夜总会的上空女郎也没兴趣，所以人的生命是比较重要而高等。

"动物全体平等论"是一块洗净文明血手的肥皂。最终所有人关心的还是自己，不同的是，博爱主义者是把全世界当成他自己来爱。不公平的事很多，我是一本哲学杂志的主编，我每天都会去杂货店买罐头、香烟等，但那个老板却一辈子也没买过一期我的杂志。还有，你看法律典籍上，人会犯的错起码有五万种以上，但女人只因我们犯了其中两三样就吵着说要离婚。我觉得公平不会存在于人类和邻类动物的生活中，欺凌、抵抗、反省，这是生命循环的基本状态，可是要让牛羊搞懂这个，大概还要三万年。

音量全开

都市人爱听唱片，就像爱斯基摩人整天和鲸鱼脂肪混在一起的程度差不多。这嗜好在地狭人稠的都市里具有无比重要的安定力量。试想除了玛丹娜[1]之外，谁有本事让全球上百万发情的少年关在房间里一整天。

听唱片其实有点像嫖妓，每个月去一次唱片行，心情不好时也一样再去，一去就花掉一堆钱，然后得到一堆罪恶感。只要每个人在年轻时迷过几个月唱片，生意人便能靠唱片工业成为富豪。据说最近唱片同业联盟就颁奖给小说家村上春树，感谢他在大作中为宣传唱片不遗余力。沉迷于唱片的那种专家，多半无法照顾自己的现实生活细节，他们可能把该拿去买结婚

1　即麦当娜。

周年纪念品的钱，全数给了唱片公司。如果他们有幸衣食无虞，那我会不禁怀疑他们对唱片教派的忠诚度。

我的无数个周末夜晚，几乎就全耗在那几十个小时的黑人音乐唱片上，大概只有停电能令我停止神游哈林区。我相信是唱片的旋转使世界运转的。有一个朋友就曾为了救我在瘾发作时离开音响系统方圆二十公尺内，把我绑在床上，结果我居然一边发抖，一边分饰多角，瞪着眼睛把歌剧《卡门》从头到尾清唱一遍。

黑色沉思录

　　以前世上可恶的只有男人，现在呢，女人却抢着要加入这个行列。这纯粹是时代潮流的错，不是某位集权的帝王下令的。时代潮流要达文西[1]画蒙娜丽莎，他就绝不敢画史奴比。文明社会教人竞争，所以填鸭式的教育也只是在帮孩子适应环境，这是很自然的。如果我生在长年内战的国家，我就必须从小学习操枪；如果生在唐朝，就必须学习喝酒和习惯被奸臣陷害。我很好奇，如果当年登陆月球的不是尼尔·阿姆斯壮，而是诗仙李白的话，他会说出同一句话吗？或又会写出什么千古名句吗？人的一切作为都是必然的吗？

　　我经常不知道此刻该做什么事才对，很难决定要求知还是

1　即达芬奇。

玩乐。于是我星期一三五去学语文，星期二四六却是去舞厅流口水，星期天则是站在十字路口中央发呆。我知道金钱不是世上第一重要的东西，它是第二重要的，仅次于生命（这个排名反映出人的矛盾）。第三是道德，第四是电视，第五是感情。也就是说，我若与妻子谈感情时，可能会忍不住去看电视，然后看太久感到罪恶时，会忍不住去公司加班赚钱，但是熬夜加班会没命，所以回家。取舍的挣扎大概就是这样，没道理，但又足以采信。

那么究竟"人是自己的主宰"此一客观事实，是否正是悲剧命运的肇基呢？不知道，我这么写其实只是想要表现出很有学问的样子，并且把自己的不正常弄得严肃兮兮罢了。善变的个性让人精神分裂，但却让美容院发财。

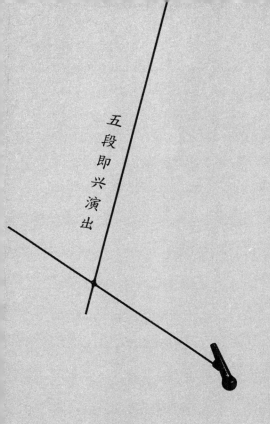

五段即兴演出

下半场

诊断书

一七四三年，英王乔治二世在伦敦出席欣赏神剧《弥赛亚》的演出，他从开始就讨厌这部乐曲，尤其当进入"哈利路亚"大合唱时，他再也听不下去了，于是决定离席。其实早在玛利亚高唱"何处有人卖酸梅"时，他就想去上厕所了。结果大家一见到国王站起来，便也跟着纷纷起立，以为是要对乐曲致敬。这个由来是一个指挥家告诉我的，他是个很敬业的人，他曾经因为指挥史特拉汶斯基[1]的作品而手臂脱臼。

在心理咨询诊所里，我不知道听过多少人详述那些在转述时会使人怀疑我精神状态的小故事了，没办法，打从开业起，我就不曾期望会有正常人在营业时间内来诊所找我。我的诊所

1　即斯特拉文斯基。

外观看起来有点像健身房，这样是为了避免客人感到难堪，或者产生防御心，当然，有时候跑步机对部分梦游症患者是有些助益的。

若将我手头近三年叠在档案柜中的病例编辑成书，那必定会是一本比希腊神话玄上十倍的怪志。我过去用掉了不少练网球的时间，试图去理解是什么样的心态，会使得一个退伍的两栖部队少尉，成天穿着蛙鞋在巷子里找蟑螂来踩？类似这类的事。我实在不愿意为了事业成就，而将私生活变成揣摩种种妄想的笑话。

平常没有客户预约的时候，我偶尔会到楼上的游乐场玩玩。诊所之所以生意不好，可能是因为需要精神治疗的人，大概都进了牢房，或者是从政去了。游乐场里有一个摊位很好玩，那是一个犹太裔的哲学家开设的，他坐在一张椅子对面，只要给他三十元，就可以和他辩论"存在主义"，辩赢的人会获得一只做成笛卡尔样子的绒毛娃娃（按肚子他就会说些格言），外加一包康德咳嗽胶囊。

之前提的那位指挥，最近正在将音乐家的传记编成广播剧，以配合文化处提倡的口号——用艺术掩饰内心空虚。念剧本的演员因为家中刚发生丧事，所以不觉得台词多可笑：

"克拉拉，你听我解释。"

"不，爱只会让喜悦变成一种折磨，你滚！"门砰的一声关上，背景音乐奏起第四号交响曲。

老天，难怪电台会在广告时段推销治疗脑神经衰弱的成药。这种情况下，我试着去习惯欺瞒患者，但是鼓励又会强化他的自傲。我真惧怕对人家坦白批评，我多半只敢回答我是因为午餐吃了生蚝才会脸色发白的。病人若想办法帮助我，我就说这是家族遗传，只要下班后去向教会牧师要一点葡萄酒喝就行了。

有一次夏娃来向我求诊，我确定她是夏娃，因为她说话带有很重的伊甸园口音。基于礼貌，我不敢把她的年龄猜得太老。我回答："大概三万出头多一点左右吧。"从初步的判断看来，她显然将一股很强的罪恶感，转换成对上帝的不满，她说"世人皆兄弟姐妹"的观念不是表示大家都乱伦了？她还说博爱是另一种独裁，而三位一体的本质则是世袭。他忍心让铁达尼号沉没，却允许耶稣在海面上跳踢踏舞，或者在尼加拉瀑布[1]上玩溜滑梯。我安慰她说离开乐园不是她的错，这样反而以免她的子孙把那里经营成观光果园。我鼓励她去加州的海滩创办天体营，她说刚刚才想起来，她有一瓶防晒油放在伊甸园忘了拿走。

我曾顾虑过，会不会心理医生的存在，反而使病人的依赖性恶化，自制力减退？这有点像是酱油大战漂白水，很令人为自己的特长感到可悲。上个月，大学同学莎莉到诊所来，她不知道丈夫是要她来找我开一张"精神状态诊断书"，她以为我这里真的是可以膜拜某位股市分析师的秘密教派。意外一见面，

1　即尼亚加拉瀑布。

我们便愉快地聊起了往事，完全忘记了我的职责。不知道是我瞬间丧失了判断力，或者她依然像从前一样迷人，她的疯言疯语只是使她显得更加性感而已，她的眼睛不但会说话，还会说绕口令。当然，她根本没想到我是医生，她以为桌上的弗洛伊德铜像是我的祖父。

拉下铁门，下午我和莎莉去喝咖啡。以自在一点的逛街方式进行对她的了解，是为了消除她的抗拒意识，免得一躺在诊所的沙发上，她就一直告诉我买沙发时要注意什么。她曾在电影《〇〇七》的拍片现场买过一张躺椅，结果才一躺下，扶手便伸出一对枪管。

我记得她结婚当日，天空出现了异象，有三只麻雀在电缆上排出大三度的和声。有人见到后说这是琴瑟和鸣的好兆头，但也有人说，这是因为麻雀长期食用遭镉污染的米，导致内分泌失调所造成的。持后者看法的人，大都坐在桌上有纸卡写着

"女方同学中曾被她抛弃的"那一桌。他们曾为了追求她，故意请别人假扮吉卜赛[1]女郎、强盗和东方三博士，叫这些人迫使她愿意和他们约会。毕业后，莎莉嫁给了一个来自费城的小号手，他们的感情很好，连卧室的天花板都装有旋转的球形镜片，那是她以前在天文台上班时偷来的，后来前夫便因长期在酒店模仿路易斯·阿姆斯壮[2]唱歌而死于喉癌。

　　老实说，在咖啡店听她讲述回忆时，我有好几次都没有专心在听，因为我担心朋友的角度会妨碍客观，我也怀疑对她的关心是否单纯。以前住校舍时，我曾用望远镜偷看她，但是那个观测天文的高倍数望远镜，使我只看见她的毛细孔和角质层。这附近应该没有征信社的人吧？奇怪，那个人怎么拿两条法国面包在我对面走来走去？她的现任丈夫该不会就地把我折成一只纸鹤吧？剩下半杯咖啡我就赶快带她离开，我们去隔壁的洗衣店领回送洗的衣服，大约过了两分钟，没想到她竟然被一旁

1　即吉普赛。

2　即路易斯·阿姆斯特朗。

烘干机内旋转的衣物给催眠了。当店员问她要不要统一编号时，她立刻讲了一段童年遭体罚的经验，然后又对着挂在一旁的一件皮草大衣，用俄文朗诵了一首普希金的诗。

照理说，就具有专业素养的人而言，我不该尽是对她说些关于小明和小英的笑话，来保持我们之间的愉快气氛。那时我觉得世上所有笑话都很无聊，要是再不面对问题，那只会导致我变成一个有教养的小丑。我实在需要再拖延出更多时间，以便思考该以何种心态来听她的倾吐，就算几个小时也行，如果我开给她一张患精神疾病的证明，那会如何？进电影院之后坐下来，我才发现要看的片是《巨龙酷斯拉[1]》续集，我实在没什么心情去知道酷斯拉是如何去巴黎学跳康康舞的；要如何把巨龙引诱到波尔多去帮忙踩葡萄汁，那是法国政府的事。我的神情比在赌场上手握同花大顺的人还镇静，那个从前善于流露真情的自己，已经离我远去了。看着影片中的巨龙将意大利的斜

1　即哥斯拉。

塔扶正，我心里想，也许我的信念只是种美观，要是我的意识能够放弃去探究真相的此一本位，那我应该能减轻一些由期待所造成的压力。

傍晚走出戏院，我们好像回到学生时代一样，觉得自在多了。穿过大街，我们去小吃店买了一些低脂鲜奶和全麦三明治，带到公园里吃。我特别留意食品上的印注，前天我买了一罐鲔鱼，结果上面写的制造日期是清光绪元年，我没有拿去控告厂商，而是高价卖给了大英博物馆。走在莲花池外围的步道上，我们聊到其他同学，她说有一个足球校队的人，每次半夜都会把被子踢到宿舍阳台上，后来他当了伞兵，就在他结训测验前十分钟，他收到了女朋友要求分手的信，结果跳伞时他难过得没拉开伞，于是他成了史上第一个因为殉情而获颁因公殉职奖章的军人。还有一个同学我记得，她曾经演过电影《大法师》，她每次向后面同学借红笔时，都是把头转一百八十度过来的。

也许我现在也有一点不正常，因为我感到愉快，我受够了乐极生悲和否极泰来那套玄学了。如果谁说莎莉疯了，那一定是出于嫉妒。明天起我要去报名学跳华尔兹，没错，有时候我是曾想当个僧侣或是军人，然后思考关于责任政治的意涵，但是，显然现在不是那时候。

电话先关机再说

上星期六晚上，莎莉接到一通电话，喂了好几声没人回应，仔细一听，背景有人在聊天的声音，没想到居然是我正在和一位小姐聊天的声音，原来是我不小心按到口袋里的行动电话的自动拨号按键，她于是偷听到了我们全程两个小时的谈话内容。

"事实是这样子的，"我笑着说，"那个女人是以前的大学同学，她曾被哲学系系主任抛弃过，身心受创，没人敢惹她。她曾经把一个说话时引用了苏格拉底名言的法国人推到塞纳河里，所以我只是假装关心她、赞美她而已。"

"是吗，那'你的身材像云霄飞车场'呢？这也是礼貌上的客套话吗？"她有做笔记。

"那是一种技巧性的反讽，例如有人说自己很高，我就会赞美他很会换电灯泡之类的事。我认为你的身材很正常，我们只是平凡人，不可能和维纳斯雕像比，何况你有大脑，还有仁慈的心，对吧？"当天半夜莎莉就搬出公寓，而我则是忙着把头发上的意大利面洗掉。

　　加上最近失业、水灾和秃顶变严重，我可以说是心情坏透了。我打电话到生命线想聊聊，结果因为忙线中，所以我拿着话筒，听了一个小时的佛教音乐。后来我想改打色情电话聊聊，但是接电话那个小姐说话口吃，外加有很重的口音：

　　"敢情您……您今儿个挺好，咱……咱们就别……别耗子进学堂……堂——咬文嚼字……字儿了。"我不好意思挂电话，怕会伤害人家自尊心，所以就花了两千块电话费，听她讲完一出京剧《打渔杀家》的故事，听起来有点像伊力卡山的《岸上风云》。

　　在等候莎莉气消的那几天，我一个人思考了关于婚姻的意义。想想和独处的过去时光相比，假设人生如六十亿年的地球历史，那莎莉和我在一起的时候，大约只占短短的埃及王朝加拜占庭时期的长度，而我的服兵役时间则有整个冰河时期那么长，当调酒学徒也至少有恐龙和爬虫类称霸地表的时期那么长。我何必太在意她骂我一个晚上，那算一算也只不过和波斯湾战争一样短暂。

我边想边在书店翻阅一些讨论罗马帝国沦亡的史籍。这时我发现身旁一位驼背达九十度角的老头，不断朝书架上近代史的部分猛咳嗽。我好像顿时看到自己老了的样子，心中瞬间感到好像被美军丢了两颗原子弹一样震撼。没错，婚姻有能力载舟和覆舟，或者暗藏潜水艇，可是能不对这普遍的人生形式，抱持高度的期待和得失心吗？奇怪，书店的书有上万本，不过马上能回答我问题的却没半本。

我发现家里的那瓶抗忧郁剂正好吃完，因为上个月我连续读了几本史达林[1]时期被查禁的俄国小说。没办法，选课的时候电脑出了点差错，他们把一个研究革命抗暴史的学生，送去我所选修的"十九世纪末娘娘腔主义文学"课了。我现在只要几天没吃药，心情就会很沮丧，一直想去核电厂附近的海岸游泳，然后写一大堆现代诗。其中有一首题目叫《我很可怜》的诗，还曾被十几位隐居在山上的诗人指出，说我抄他们的作品，这反映现代诗大同小异的问题。全诗只有四句：我很可怜，可怜得要命，可怜到生命线也挂我电话，反正就是可怜。

这是题外话，刚才我讲到沮丧。结果那天我就忍不住在吃了一碗特价中的叉烧拉面后，跑到火车站，赶在下一班火车进站前一分钟，从月台上跳到下面的铁轨，准备卧轨自尽，我还带了枕头和眼罩。提早一分钟跳是因为我怕看到火车就会改变主意。结果没想到我才刚刚不顾一切跳下去，月台的广播就说：

"各位旅客，由于换轨装置临时故障，本次列车约晚二十分

1　即斯大林。

钟进站。"我看看手表，现在赶到第四月台还来得及撞另一班车，可是警察马上就跑来救我了，我花了不少力气才爬上月台。我拼命向站长解释：

"我的手机掉下去，不，我的皮夹掉下去，对，我的手机和皮夹都掉下去了，刚才有一阵风吹过来，对，有小龙卷风把我的东西吹掉，连我也被吹下去。事实上是有人把我推下去的，我误以为是风，那个人已经跑掉了，我记得他的长相，他长得很像诗人艾略特，是像毕卡索[1]画笔下的艾略特，我在奥塞美术馆看过，这应该对你们的案子侦查很有帮助。你不会告我公共危险罪吧？"结果被罚三千块。如果告诉莎莉这些事，她一定会以为我是为了博取同情。有很多事是不能和伴侣分享的，像是说出我对许多宗教团体行善的真正看法，就是不可以的。我才不要和这种无法听真心话的人拍结婚照，我绝对无法开口赞美那种美学下拍出来的作品，我不想看起来像铁达尼号上的乘

1　即毕加索。

客。不过我以前曾经和一个喜欢听实话的女人约会过，她在听我痛骂了政府十九位官员后，才告诉我她在情报中心上班，害我连续被便衣宪兵跟踪了半年之久。

"去年我本来想在她生日那天求婚，但是当时我正好膝盖关节发炎，医生说不可以下跪，要跪的话要先做三分钟暖身操，还有地上要铺一条毛巾。"我向好朋友保罗诉苦。"现在女人不吃这套了，他们只是要男人认错，哪怕是误会，你先投降，她们就不会起诉了，然后再找证据澄清事实。莎莉不希望婚姻成为一种特权，你等雨过天青后再求婚。"

"不行，我最近没钱。而且我第二次求婚下跪时，没注意到地上有一根图钉，结果我一痛就把戒指掉到河里了，这是半年前的事。"

"老板结账。"保罗后来带我去龙山寺。

两天之后，我意外地在一家餐厅的开幕上，又遇见了那位大学同学，不知道为什么，这次看起来似乎比上次更漂亮。

"这家店的股东之一是我的军中同事。"

"我是在健身房认识老板太太的。"

"真是巧，先是听演讲，然后这里。"

"你要打电话给谁？"她说。

"没有，我只是确定一下电话有没有关机。我记得你上次提到离台……"我们聊了可能有十分钟，其中七分钟我都在点头微笑。

"我不敢去麦加朝圣，我怕万一跌倒，后面会有大约二十万人从我身上踩过去。"

"你应该试试纯土耳其的咖啡。"

"不行，我只能喝星巴克的摩卡，否则终生会员的优待会被取消。我在入会仪式上已经发下毒誓，如果喝别家的咖啡，就要在店门口发绿色的气球给客人。"

"我记得你以前在酒吧调过酒。"

"对，后来因为……你知道那里只播爵士乐的唱片，可是有一次我不小心放错唱片，放成巴哈的《马太受难曲》，害得半数客人当场呛到，有一个人还把口中的啤酒喷到一个侨生脸上，差点引发打群架。结果就被开除了。"她的钥匙掉在地上，她弯下腰捡。

"我以为你是在咖啡店做事。"

"什么？哦，对不起，我刚才在看胸……我是说匈奴人不喝咖啡，因为如果晚上睡不着，他们会忍不住想出兵，开玩笑的。我在咖啡店上班很愉快，除了有一次遇到地震之外，那次大地震把整家店震垮了，我被困在柜台内等待救援，结果我就连续喝了三天的摩卡咖啡。被救出去时我意识恍惚，我一直对消防队员讲阿拉伯语，内容是：我战胜睡魔。"

"我上次去美国……"我心想这女人真厉害，居然不会被我的疯言疯语吓走，而且我觉得此刻很放松、很愉快，不必像面对莎莉一样，一直担心自己的形象有瑕疵。手上盘里的三明治小点心很棒，台上钢琴三重奏的名曲很悦耳，我甚至有点想和奥黛莉·赫本在巴黎铁塔上共舞……不行，我有惧高症，我不敢离开地面超过三楼，除非有带氧气筒。

"你家真漂亮，像宜家家居的样品展示场，都是你自己组合的吗？"我一进门就说。

"不，是我前夫，他喜欢锁八角锁。"

"我真想每个抽屉都拉拉看那种感觉。"

"我这里有一部讲伊丽莎白女王的电影，你要不要看看？"

"就是凯特·布兰琪演的那部对不对？很棒，我一直想住在一个由女王统治的国家，她如果命令我纳税或从军，我会有一种被虐待的快感。你知道凯特·布兰琪的男朋友为什么跑掉？我看伦敦的一份八卦杂志上说，他每次和她接吻时，都会忽然把她看成戏中的英国女王，而脑中一直浮现西班牙无敌舰队被打的画面。"我话一说完，一阵突然开门的声音吓得我全身宛如触电。这个男人手臂可以把灯笼袖撑裂。

"你回来做什么，还有哪样东西没拿？"

"他是谁？你是来做什么的？"他说。

"我……我是来传教的，我刚才在向她解释亚伯拉罕的家谱。"我声音发抖。

"他是谁要你管吗？我不能有同学吗？"

"对，我们是大学同学，毕业后我就去传教了。我们正在讨论要开同学会。我打算向全班同学传教。"我随时准备跳窗逃逸。

"你对我的房子还满意吗？床铺会不会太硬？"他挽起了袖子。

"这太荒唐了！"她很生气地说。

"先生你误会了，我们没有你想象那样，我是同性恋，我有台大医院的证明书，粉红色的证明书，我正要去泰国变性，顺便传教。"于是我就模仿奥黛莉·赫本走路的样子走出大门，虽然颜面尽失，但是至少保住一条命。

我没想到原来这么多人的婚姻都有问题。晚上的忠诚路二段上，稀少的行人各往不同的方向回家。发廊下班的小姐坐上接送的进口车。两个德国人熄掉雪茄，把杯底的咖啡一口喝掉，掏着口袋里的钱。修车行里一辆辆被顶上了半空中的日本车，车主走到收讯好的地方讲电话。还有那些在百货公司楼上，从螺旋状停车场把车子一圈圈开下来的人。我忽然浑身一阵寒颤，我发现自己的困扰根本无足轻重，哪个人不都是能过就过，我何必把意大利的歌剧情节搬到现实生活呢？有时候人的生活似乎渺小得不值得一提，想象那些每天把绞肉塞进肠子、把地面钻得坑坑洞洞的人们，我所做的大概也与此相去不远。人从来不是活在一本一千七百页厚的著作中。所有伟大的思想，都是取材自这个一个月电费要两千多块的疯狂世界。我应该以此耻辱为荣不是吗？

我那位同学是很迷人，本来世上漂亮的人就很多，例如惠普科技的总裁，或南非武官的大女儿。也许哪天我会和那位同学去巴西冲浪也说不定。我一直很着迷于一个人冒险冲向大海那种美感；但是对我而言，婚姻就像大海，莎莉像是巨浪，虽然会要了我的命，不过只要我鼓起勇气，拿块板子站上去冲浪，我想也许这种灾难也可以是很美好的，谁知道呢。

当时心中只想招一辆计程车，赶快去莎莉家找她，说出所有歉意，还有一些我对复合的期待，可惜明天我和水管工人有约，我必须先回去整理屋子。都怪瓦斯工人喝醉接错管子，害我的洗衣机和抽水马桶爆炸，差一点电视超自然现象的节目小组就要来访问。后天也不行，我要去便利商店缴七种收费单，可是身上没钱，所以我可能要拿尖刀威胁店员盖章，可是我也没有尖刀，所以我还要先去五金行偷一把刀，这要很小心。我上次就曾把五把从店里扒窃来的水果刀夹藏在腋下和裤腰，结果不料在店里遇到一位老朋友，他一见到我就又抱又拍，害我马上被送外科医院。那件案子法官判我的老朋友过失杀人，同时判我偷窃加上自杀未遂。最后倒是那家店感谢我的宣传，送我一套电钻。

大后天一样忙，风水师要我把一张椅子钉在天花板上改财运。

于是隔天晚上我不顾一切琐事，换掉身上沾满泥灰木屑的衣服，跑去莎莉家。

"你来做什么？"门开了小缝。

"对不起，我是来道歉的。昨天……我可以进去吗？你有客人吗？我听到洗澡声。"

"没什么，是你的朋友保罗，他带塔罗牌来帮我算命。"莎莉让我进门。

　　"真不敢相信，你为什么只点蜡烛，停电了吗？我该说什么？没关系，我很冷静。"

　　"我洗了几颗葡萄，你也吃一点。"

　　"不，我要走了，我还要回去扫地。"

　　"用纸牌算命本来就是要关灯，电力会破坏异次元空间的能量磁场。"莎莉说。

　　"如果你们见到爱因斯坦的鬼魂，记得帮我问候一下。我没事，你们继续，柜子里还有瓶香槟。保罗，记得电话关机。"我说完就走了。坦白说，我有点惊讶自己的情绪还算稳定，回家的路上，一点也没把任何眼前的景象看进眼里，我甚至不记得保罗刚才端给我什么水果。他也许是以朋友的立场安慰莎莉的失意，如果他们交往也很好，我很愿意把莎莉全身性感带的位置图交给他，就像新旧任部长交接印章一样简单。只不过想起来觉得有些奇怪，好像你明知自己终于数学考一百分，要让老师高兴一下，结果老师改你的考卷改到一半时，就突然死掉一样。真的，我见过一些老师在校内离奇昏倒，还有米老鼠演员穿着戏服在迪士尼乐园当众昏倒。也许我这样比喻并不正确，因为我还需要多点时间想清楚，为何我一想冲浪就不起风。不过这两天是暂时没有空去想。

不要告诉莎莉

（这是一则纸上脱口秀的节目，我穿着一套向马丁大师借来的缀着亮片的西装，站在舞台中央，麦克风在手上，背景的彩色跳跳灯开始跑闪，请鼓掌。）嗨，各位，谢谢，够了，我没有说要把头伸进狮子嘴里。先生，你的鞋带松了，不错，你的假发没有戴歪。小姐，我好像在哪见过你？什么？你不认识我，真巧，我也不认识你。好像是在打火机上看过你，开玩笑的。请问现场结过婚的请举手（半数），不错，知耻近乎勇。我很好奇，如果没有电影，人们是怎么相爱的？他们总不能说："你看这题代数，好可爱的阿拉伯数字。""是啊，这道公式好感人，答案一套就出来了。"

我一直认为，其实战后婴儿潮是克拉克·盖博造成的，当然，法兰克·辛纳屈也有责任。不过为什么一交往就要看电影？有一对情侣交往了五年后分手，他们整天一起看电影，结果夫妻没当成，反而成了影评人，影评刻薄得像泄恨一样。以前我和莎莉去看一部讲尼克森的电影，影片很长，爆米花的盒子被我折成一座白宫模型。看到一半时，我忍不住去上一下厕所，结果回座位一看，水门事件就已经爆发了。

　　通常，大家婚后就懒得去看电影了，只在家看电视，什么节目都看，我很纳闷，那些电视购物频道，为什么不卖古时候的赎罪券？想象一下，圣诗班驻唱、干冰、想上镜头的现场观众、慢动作镜头等等，然后请个穿神父装的白人，用权威性的口吻说："你徘徊在电视频道之间，是否感到无比地厌倦呢？你究竟还需要什么？健步机、清洁剂还是汽车蜡？不，你心中明白，再也没有任何产品能转移你面对生命最终的课题了，你唯一所需要的，就是一个信仰上的精神跃升，一个崭新的誓言，而我手中这张信用卡般尺寸的纸券，正是一个赎净我们一身污罪的机会，你可以现在就拥有，或者等死后入了地狱再买。接下来半小时的节目，你将目睹许多拥有赎罪券的人的见证，现在让我们欢迎来宾，曾经参加过三人行影集演出，当中比较不红的那位，珍妮·李·哈里森出场！"

然后再请一些无助的自恋狂，哭诉他们浪子回头的过程："是的，珍妮，我曾是那么坏的人，但是这张赎罪券，当它握在我手中，我知道，神一直在等我把手伸向他。你想想，道理很简单，我们进戏院时要收门票，所以进天堂时，自然也要交出手上的赎罪券。"

最后，主持人再下结论："看过它是如何拯救了无数爱用者，以及如何用它来摩擦身上肥胖的部位使其消瘦的证明之后，相信你一定了解了我们的恐吓，朋友，帮你自己一个忙，不要再犹豫了，现在就拿起电话说：我愿意得救。前五十名朋友，将免费获得一双隔热靴，它可以让你没有买赎罪券的家人，下地狱的时候避免脚烫伤。"这种广告如果违法，那报纸起码半数的版面会空白。

我们一定看过联谊节目，我不是指市议会质询的转播，不难想象，早晚那节目一定会举办女子监狱与男子监狱的联谊，一开始先请到狱政方面的官员致辞，然后双方受刑人自我介绍，犯偷窃的分成一组，犯谋杀的分一组，互相配对。接着进行竞赛，项目包括翻墙、开锁、锯铁窗、掳人勒索的速度等等。我相信罪犯对综艺节目的游戏单元一定很在行，就像我相信如果弗洛伊德生在纽约，那他对黄色笑话的贡献，一定会大于心理学。这至少比无聊的叩应[1]节目有趣：各位观众，今天我们锁定的依然是您最关心、最具爆炸性的议题。现场我们请到三位不甘寂寞及自以为是的专家来一同参与讨论，今天我们叩应的题

---

1 英语 Call in 的音译，听众来电直播节目。

目是："叩应节目是娱乐学术化，或是学术娱乐化？"——欢迎您的叩应……不过这还比球赛节目有趣，三位学者至少还有知识可以卖弄，但是那些球评根本是脑干受过伤："各位观众，今天我们很荣幸请到老师为这场比赛做讲评。请问老师，您能否预测一下比赛的结果？"

"是的，这次法国队可以说是胸有成竹，而英国队则是势在必得；法国的个人技法很好，英国的团队默契不差；法国的实战经验多，英国的应变能力强。只要哪队表现杰出，哪队就会脱颖而出。"

"是的，谢谢老师精辟的分析。听完刚才这一番深入的评估，我们相信这会是一场精彩的球赛。"有比这更玄的节目吗？有！

我一直搞不懂，为什么军队必须收看思想教育节目？难怪新兵适应不良，开枪把辅导长杀了。以前我每次都在节目播出时打瞌睡，结果连长罚我跑基地十圈，奇怪？怎么不罚节目制作人跑电视公司十圈？思想教育节目的无聊，不是请那些正处唱片宣传期的女歌星，穿泳装在新单元中，陪军人打打水仗就能解决的；他们起码得先撤换制作单位里，几个肩上绣有一两个银河系的将军才行。尤其最让人受不了的是，每个月的电影欣赏，每次影片播完，都还要请一些上尉做心得报告，他们会这么说："各位袍泽弟兄，从刚刚收视的《小鬼当家》影片中，我们了解到，剧中人充分地利用了熟悉的地形地物，取得了防止小偷入侵的制高点，表现出了以寡敌众的大无畏精神，以及'不战而屈人之兵，决胜于千里之外'的不朽信念。本片以诙谐的剧情，阐释了'勿恃敌之不来，恃吾有以待之'的千古名训。"我真迫不及待想听他评论《侏罗纪公园》："本片描述一群百折不挠的科学家，与一群栩栩如生的史前生物……"算了，也许他不这么说，下次长官喝花酒时会不找他。

好了，总之，婚姻的次要目的，大概就是有个人陪伴我们看电视，出了人命也好有个目击者。我未婚，莎莉只是我的朋友，偶尔一同去看狼人的电影而已。

　　得知莎莉要结婚的消息时，我正在打撞球。我怀疑强尼可能是为了赢得赌注——一包肯特烟，所以才故意挑这个十四比十四的关键时刻告诉我。也许他真的不知道婚事的其他细节，或者他是想把更惊人的部分，保留到等我在操作千斤顶时才要说。要不是我的车还没修好，那天一定很快乐；没有强尼、没有新消息、没有撞球。我讨厌被检查身份证，好像我是从百货公司迷路到这打球的。

　　我承认，莎莉是那种会让少年维特再死一次的女孩，也因此起初我们并不熟识。念书的时候大家都认为，想和莎莉接近的人，一定是被美色所惑，而真的敢追求她的人，一定是那种自以为匹配得上维纳斯的自恋狂。我第一次知道她的名字，是在男生厕所的墙上看见的，我每次肚子痛就会看见那行字：莎莉是全校第一大美女。旁边还有一行被划掉的字：法语系的蒙妮卡才是。反正是福利社的鬼玉米汤让我知道莎莉的。我一辈子也忘不了第一次见到她的情形，因为是她到我们班告知"总统"驾崩的消息。当时大家在排演话剧，一听到"总统"去世了，我们马上低头看剧本，好像没这句吧？我看着莎莉不安的神情，好像"总统"是她不小心踩死的，或是像她打破了我们班的水桶，来道歉的。她真漂亮，如果派她劳军的话，防御部门就不必废除征兵制度了。后来强尼还来问我：为什么"总统"要"去势"？别难过，我叔父也是。

我们最早碰面是在冰果店，当时其他的同学上楼找位子，我则和莎莉点餐，在等候的三分钟内，先是她开口：

"你叫什么？"我回答我的名字，她可能听不清楚，结果又问：

"你刚才不是叫了木瓜牛奶？"

我说："木瓜牛奶也不错，但是笔划不好。"于是我们成了朋友。我们的友谊不错，她救过我一命。那年夏天很热，我在游泳池潜水时，恰好和她在水底不期而遇，我一开口打招呼就溺水了，她把我奋力拉上水面，虽然命是活了，但脸丢了，腿也抽筋了。

毕业后，我和莎莉约会过几次，大约木星公转一圈才约一次，也就是电影《狼人》第一、二、三集上映的时候。约会很无趣，幸好很无趣，因为她的男朋友曾在菜市场内，用冬瓜和茄子把一个扒手打成佛教徒。对，又壮又凶。后来因为男朋友入狱，所以莎莉约过我两次，她约我比较快，我大概只有在防空演习时，才可能找得到她。

那次我们约在戏院门口，准备去听音乐会，庆祝她在一个地方工作超过三个月没有被上司骚扰，而且她男朋友相信。我当时不但连指甲都上了蜡，另外还背熟了巴尔托克的年表和家谱。可是莎莉有个毛病——迟到。而且当天戏院在首映一部叫《风流医生俏护士》的电影，我在那里站了一个小时，难堪得要命。一个小时后，莎莉没来，群众倒是来了不少，这些妇女团体和医师公会的人，围过来抗议这部电影。接着连警方、记者、片商也来了，我一直被误以为是观众，记者还认为我不敢承认。四周的叫嚷声使我头昏、缺氧，这局面维持到我看见海市蜃楼为止。我发誓看到巴格达还有拜占庭。要不是因为有法律和她的美貌救了她，我是绝不接受一个迟到者的道歉，我告诉她："你再不来，我就要被抗议人士做成纸偶焚烧了，你一定是在新闻中看到我才想起来爽约了对吧？下次约我的时候，记得提醒我带帐篷、睡袋还有扑克牌。"

大概是因为音乐厅没有卖爆米花，所以观众才这么少。我们坐在三楼包厢，位置不错，可以清楚看见男高音的喉结抖动；前排有扶杆，可以防止观众在节目太差时轻生。我真不知道身旁那些人怎么会有票进来？他们有的人好像带了扑满来了，浑身都是零钱声。有的人每逢四分休止符就想鼓掌。有的小孩可能穿了缀有小铃铛的民俗传统服装，或是穿了走路会有鸟叫声的鞋子，不然就是负责关门的小弟在赌掷铜板，反正噪音一大堆，一安静就令我紧张，万一有个疯子突然打断演奏，在座位上倒立，这有可能，否则医院每天怎么有那么多人去精神科排队看诊？老天，坐在第一排的那个男孩，应该不会把手上那个玩具兵丢到台上，击中那个匈牙利小提琴大师的鼻子才对。对，应该没事，老天，我早该受洗的。

　　不知当时莎莉在想什么，我们没有交谈，巴尔托克在我们之间谈二次大战的感受。到了音乐会结束，我也忘光刚才想说什么长篇大论。我们的话题不多，莎莉把话题带到从前，化解了我打算接着谈宇宙起源的准备。她说："记得有次和文学系玩比手画脚猜书名的游戏，那次我们输了，没办法，他们的题目是《白鲸记》，而我们却是《战争与和平》。"

我说："是啊，害我比得连校警都来看了。后来教授还因为我把《咆哮山庄》猜成《动物农庄》而不准我旁听他上比较文学的课。我怎么知道比老虎的动作是表示咆哮？"

在公车上，我们继续谈："你看这些路人，哪个像是能一辈子作伴的人？没半个。适合演《阿达一族》又能节省化妆费的倒不少个。"

她说："我觉得爱因斯坦的成就，只证明了他的妻子很无趣，说不定他半夜是在用天文望远镜看邻居洗澡。"

我们想到什么说什么，别沉默就行了："我认为牙科医生之所以要戴口罩，是因为他们怕在路上被受他折磨过的病患认出来。"

那时公车一阵摇晃，她说："为什么政府要买'地震模拟机'？我们已经有公车了，想感受七级地震，只要搭三号公车到火车站就行了；要六级的话，走我家那条街就好了。"

我说："你看，公车上何必登什么现代诗，叶慈又不坐公车。"

回想起来，我和莎莉只是两人一同独处罢了，既互相不了解，也没有情谊可产生，但是当输球隔天收到她的婚宴通知时，我发现我应该参加，可是又不想参加。想想，新娘的朋友们之所以不是新郎，这表示什么？嫌弃、自卑、有缺陷还是瞎了眼？我试着不再想起莎莉。以前老师告诉过强尼，如果满脑子想着异性时，打打篮球就没事了，结果一个月后，强尼就变成了篮球地区代表选手。

婚宴当天，我在一家书店里闲逛，决定不去参加了。我挑了本《电视周刊》，然后又去翻了几本小说。那时候，书店门外正好有一部礼车在等绿灯，车里坐的好像就是莎莉，我向着她慢慢走过去，想确定一下，看她打扮的样子。结果，书店的警铃大响，所有人都看着我腋下夹着一本《电视周刊》走出大门，于是我被捕了，店员不相信我正要付账，回头一看礼车也跑了。往好处想，现在至少我有理由不参加婚礼。

在警局时，我趁机打了通电话给强尼，叫他帮我转交礼金，并且告诉莎莉，我无法参加，我要他不要告诉莎莉我被捕了，这太丢人了，我不想让下次碰面时，把时间用来描述这场误会，话传出去会很难听，好像我用折磨自己的方式破坏人家的喜事。

有一个统计资料显示：结婚的人比单身的人长寿，这表示——快乐的人比较遭老天嫉妒。你看那些结婚六十年的夫妻，老天爷一再给他们延长加赛的时间，为的就是要让人生前后悔自己忠于另一半。我还是比较喜欢看电视，电视让人不必有朋友，不必调整自己那种交不到朋友的个性，也能获得乐趣；电视上甚至有那种治疗因为看太多电视而厌世的人的节目。最近电视上有一个"芭比娃娃"的广告，说芭比有了最新的配件——淑女防身器；有亮晶晶的小哨子，还有粉红色的催泪瓦斯枪，以及小巧可爱的电击棒。这真的很具教育意义。倒是有一则娱乐新闻不太适合小孩：听说英国的狗仔队，已经偷偷挖开了黛妃的坟墓，拍到了她尸体腐烂的近况。当大人真好，没有什么事不可以知道。不能再和莎莉瞎混之后，我总要有点分量对等的乐趣吧？人家说：家家有本难念的经，我家那本特别难念，文言文的。好了，就只能说到这里，我的车还停在消防栓前面呢。

多到足以成书

文学大师里尔克常常回信鼓励年轻的作家，告诉他们如何孤独地思考上帝的爱，并且如何迅速得上忧郁症。我也寄过一首十四行诗请他打分数，结果却被他回信臭骂一顿，他连续用了十个极具诗意且出自歌德作品中的形容词和比喻，来表达内心的不悦。他说我的诗烂透了，为了硬凑十四行还把"吃葡萄皮"那两句绕口令拿来凑数，说我是个自然界的灾难，没天分、没想象力，如果去当涉外部门秘书，一定引发战争，叫我去开文具行算了。为此我很难过，我不是故意要惹大文豪生气的，我只是立志要写作罢了。

我曾模仿过很多作家的写法，希望能够一举成名，像是卡波特写《冷血》一样，于是我也试着去命案第一现场做记录。我跟在检察官的后面走来走去，我骗她我是购物频道的记者，想看看警方是用哪牌的乳胶手套和口罩，可是我一不小心踢翻了一些证物和凶器，破坏了现场的完整性。我紧张地急忙把那些桌椅赶快扶起来，我忘了刚才那是倒的还是站的，是朝哪边、哪个位置才对。我一阵乱，弄得到处是我的指纹和汗滴。检察官警告我说，再不滚开的话，这里马上会有第二桩命案发生。这次挫折并没有把我的理想打倒，只是打伤而已。

　　后来我又去日本，打算向三岛和川端请教创作的一些方法，我一直很想知道如何长时间坐榻榻米而不会脚麻掉。我说：三岛先生，请问现在有空吗？他说：抱歉，我很忙，等一下要去切腹。我把一沓小说稿拿出来，结果他突然抽出武士刀把它切成两半，同时口中唱着军歌，歌词大意是：联合舰队的炮管比刺猬身上的刺还多。

至于川端，可能是不在家，我看门窗全关得紧紧的，连个缝都推不开。我失望地回家，一路上每个路人的冷漠，好像都在劝我别梦想写作，去横滨看俄国女人算了。想想大作家不是结过好几次婚，就是喝过好几箱伏特加，然后朝自己脑袋开枪；我连撕掉额头上的消肿贴布都不敢。

就在这沮丧的时候，一个自称是斯蒂芬·金的学生的断头女鬼飘到我面前，主动要教我写作，她叫我试着改写一些小说名著，慢慢磨练技巧。于是我熬夜把《咆哮山庄》改成一篇描述两个家族比赛放风筝的故事。结果还是被出版社退稿，总编辑还恐吓我，说如果我敢再投稿，就要请业务经理把我的右手指头打结。不知道斯蒂芬·金都说什么故事给儿子听。

最后我决定不再去拜哪位作家为师，可是偏偏这时候，我在这家法国餐厅里，无意间看见作家莎冈就坐在我对面，当然也许那人只是长得很像她，我没去冒昧打扰，因为她好像几天没睡好，何况我不会讲法文。

看着这幕奇景，我想起她写过的一本散文《带着我最美的回忆》，书中除了写对沙特的仰慕之外，还谈到了田纳西·威廉斯、纽瑞耶夫、奥森·威尔斯、比莉·哈乐黛，及她对飙车、赌博的心得，更说出四本她最爱的小说。她一直忘不了读那些书时的情形，并如何受书上所给的东西引导走向了什么境域中，强烈地流露出一种对少年时代所可能受到的天启式醒悟的迷信。我发现她不论接触任何事物，都同样是想在当中寻找出能与之如恋爱般交合的对象。她似乎只相信以恋爱形式存在的事物价值，这是很天真的原始冲动。她自知这信念不归属于现实生活，所以才说：在读普鲁斯特时，我发现了那种不可抑制但又永远被抑制的对写作的热爱。这本散文集虽然全无对小说创作的感想申论，但我认为这正显示出莎冈的小说创作特质；创作可以用不特定的感性语言，写对人某成分的离情。服务生将一壶水注入了杯子。

她并没有说什么就站起来走了，好像写作容易得无法客观审视。也许我也做得到，甚至将来我的遗愿可能还是想学写作，对……我考虑以后把骨灰撒在诚品书店二楼。

不过话说回来，我哪里懂得里尔克或莎冈，这些全是我去书店临时求来的平安符，我以为这能增添无知它的价值，就像佛教格言被误解的情况一样——要成佛就要先当屠夫，然后过几天后放下屠刀就完工了。其实每个人的创作条件和取向都不一样。前几天我试着诚实地倾听内心的声音，结果听了两个多钟头，结果却只听到几首比吉斯合唱团的歌和一锅糨糊搅动的声音。这真的很令人失望，因为我一直很希望能写一本很成功的小说，内容还不确定，但是分三部曲，书中会有几个展现人类深刻灵魂的场景，当然还要扯到古埃及的历史和神话，我连书名都想好了，不能先讲……其实叫《尘与土》。不，我改变主意了，还是叫：大地与……隔壁老三养的鸽子？我看还是再多想几天好了。

多见不怪

　　美国世贸大楼倒塌那天，我在不知情的情况下打开电视，一看，成群的人在街上奔跑。坦白说，一开始我还以为这又是飞柔洗发精的广告——一群人被洗手台追着跑。

　　媒体常常会让现实看起来不像真的，或者让里头的人物显得有点像是身处在另一个世界。自从"九一一"之后，美国境内所有的电影和电视，完全看不到暴力片，这是因为——暴力片现在搬到阿富汗的现实中上演了。因此，我相信媒体如今已成为现代的魔法，电波、线路、荧光幕……哪部分不像阿拉丁神灯的把戏？

魔法的特质就是：不可思议、亦正亦邪，以及代价。你想象一下，如果"讦谯龙[1]"得到金鼎奖的话，他会说什么感谢辞呢？"我要谢谢这个烂社会对我的折磨，感谢它让我有骂不完的题材，还要感谢被商业媒体又利用了一次的老百姓，如果没有他们的无知，就没有今天的我。"每一个媒体明星的诞生，都代表着背后无数张统一发票。

有时我们损失的不只是金钱。我认为色情女星之所以进入演艺界，得到投资与名气，其真正目的是因为这样做，以后才能有充分的借口来吸收更多女孩进入色情业。现在我们媒体的内容可以定义为：名人所发生的事和将会成为名人所发生的事。例如：威廉王子喜欢金发长腿的女孩，心理医生认为他恋母。或是瑞士驻德大使波尔的艳妻菲尔汀，她没接受拍摄裸照的原因，是为了价钱的问题。一名路人对镜头说。

我们现在脑中记得的名人的名字，远比真正认识的朋友名

1　台湾卡通人物，"讦谯"在闽南语中带有"抱怨""骂人"（通常是使用比较激烈的态度与粗俗的言词）的意思。

字多上千百倍。于是幻境成了我们的现实。美国富豪提托花了两千万美元，以平民身份去了太空六天。这个价若能买到许多世人的梦想，还算公道。你想想，去拉斯维加斯玩，花光这笔钱还不用两三天。

2.

日本首相小泉去靖国神社，令许多亚洲人民气愤，他再多去几次的话，恐怕韩国以后就没人能弹钢琴了。媒体传播的便捷，很容易促成大环境的敌视与冲突。我们都看过老一辈的人看新闻时开骂的情形，如果他们没看到那么多残酷的社会新闻的话，照理说脑充血和中风不会是台湾人的十大死因；我看八成是气出来的。

到了年轻的这一代，多见不怪，疯狂的社会顿时成为眼中的园游会。

我到现在还搞不懂"掳妓勒赎"是什么，听起来有点像"咚咚便衣，在宾馆前，窈窕娟女，掳妓勒赎……"（注：咚咚解为叩门声或枪声。）不然也有点像一句成语，例句用法："身为师表不以身作则就太掳妓勒赎了。"意思引伸为出卖背叛、是非颠倒之意。

打电动玩具得冠军可以当民族英雄，可见这民族对国际的肯定多么饥渴。没错，打电玩需要高度技巧，吃热狗大赛不也一样要技巧，天底下要技巧的事太多了，我建议来办妈妈照顾婴儿大赛、老公公戴假牙假发大赛……如果美国打电玩最后一名，美国会被瞧不起吗？委内瑞拉经常得到世界小姐选美冠军就表示国家富强吗？一切只该怪我们太饥渴了。

我们的社会在媒体的连结下，终于成为一个大家庭，很棒没错，可惜这个家庭没家教，就算有也只被当作笑话。例如校园附近两百公尺内不得设置网咖，法令这么规定，但是两百公尺外，你开妓院都行，开网咖大帝国也行。孩子如果一心想去，你把网咖开在玉山顶峰，他照常组登山队去。何况本来两百公尺内一下就到了没事，结果开在四百公尺外，反而路途中可能被坏人绑架。

3.

　　这世上除了太阳升落的方向之外，大概所有事都会引起民众抗争。那些专业抗争的人士就算将来上天堂，恐怕对天使何时可以弹奏竖琴都会有意见。

　　以下是本期《抗争周刊》的部分内容：

头条——台湾地区人口出生率下跌的原因，全该归咎于警
　　　　方全面临检宾馆，以及查缉催淫春药的恶法。
焦点——水灾后台北潮湿严重。连除湿机本身都发霉，捷
　　　　运轨道上疑似长出香菇、木耳和灵芝。

小偏方——教你如何丢掷鸡蛋才是省力命中目标的正确

姿势。

本周鸡蛋价格快报——见附表。

可是自从结婚后，现在我也开始把对妻子的不满，转移到各种抗争中。像是我认为基本上气象局已经信用破产了。如果你想知道明天天气的确实状况，我建议你去寺庙问那些帮赌客报明牌的道士或乩童还比较准："天灵灵，地灵灵，哪吒三太子说明天大陆冷气团南下，全省降雨几率百分之十。海龙王说宜兰苏澳沿海风力十级……"

恶性抗争在没有公理的社会中，慢慢变成一种可以接受的生存之道。愈悲的态度愈可以使诉求显得正当，这和选票有关，因为将来拜票时，还得用同一招哭回去还。不过平时没人在看时，我们还是要懂得自保，例如拿到伪钞时就不敢宣扬，所以这里教你几招辨识真伪的方法：

一、把钱拿去赌博，如果被黑道庄家毒打就表示是假钞。

二、折成纸船放到河里，如果流得很慢就是假钞，捡不回来的就是真钞。

三、把它撕破时眼皮有跳一下就是真钞。

四、把它烧掉若没有鬼向你谢谢，那就是真钞。

五、送到美国请神探李昌钰博士鉴定。

另外我再教一招制造假钞的方法：

一、拿出一张白纸。

二、拿笔在上头写下数字即可。

其实抗争恰好是我们发扬本土文化的机会，我认为本土文化就是：下跪、冥纸、昏倒。另外像请槟榔小姐在"总统府"前，用旗杆跳钢管舞也算是。

4.

以前我从来不知道恐怖会跟颜色有关，这么说来我是应该重新评估毕卡索的政治立场了。

所谓的"颜色恐怖论"多是社会上有关人民基本权利受到不公平对待的事件，这带有阵营对立性质的名称，很容易拉高单独议题的层次。例如我因为胡子长得太少，就无法被录取进入大学阿拉伯语系就读，这是很明显的咖啡色恐怖。还有大学韩语系在招生简章上写，毕业后可以加入摄理教帮教主在舞台上伴舞。这算是粉红色恐怖吗？

假如昆虫想信基督教，然后把十字架改成米字架，这能算是草绿色恐怖吗？人家只是现实使然，不幸多了两对手脚罢了。反而像百货公司仿佛是块磁铁，瞬间把人全变成类似回纹针之类的东西，那才是彩色恐怖。我可没说迪士尼乐园如何，我很怕米老鼠上法院告我，尤其当辩护律师是唐老鸭的时候。

那么要如何测试一组织单位有没有恐怖势力和意识呢？方法很简单，就开他玩笑，如果他生气中计了，你就可以动动嘴上的调色盘了。好吧，我就先试试看会不会得罪人。请问：如果陈水扁去当便利商店职员，他看顾客进门会说什么？答：欢迎这一个是来光临。（注：口头禅夹入。）再请问：大陆康定一带的人如何问好？答：你今天溜溜的好吗？（注：参考《康定情歌》。）这种笨问答任谁都能一天编一百个，只要不搞错典故就行了，我以前常把托尔斯泰的名字和老牌女星桃乐丝·黛搞混了，很丢脸，为此俄罗斯总理普金[1]还用柔道把我过肩摔。

有时候恐怖是单方面解释或妄想，那对史实的苦难就太不敬了，对现代等于也又制造出另一种恐怖；这么说不是变鬼屋了。

5.

偷窥在五十年前很可能是存在主义小说的主题，因为这关系到揭露文明社会其悖离原始人性的虚伪本质。可是现在偷窥却成了图利及斗争的工具，还不包括间接形式的意义上的偷看，例如出版名人生前书信、日记或身旁的人写的传记。这有些见怪不怪了，愈讨论只有愈显出我们看法上的不足及偏差。

有一天一个人拿一卷色情录影带去出租店还，他说：我要退还换另一卷。老板问为什么。

1　即普京。

"这部没有字幕，而且讲的也不是英文，好像是匈牙利语的样子。"

"这只是一部色情片，谁需要字幕？"

"我看不懂女主角是自愿还是被骗，还有她到底是觉得怎么样？"

"当然是觉得很快乐，这有什么疑问？"

"说不定她觉得不够，你这是男性中心的自欺心态。"

"你以为你是谁，妇联会主席吗？你不看片子就滚蛋。"

"我去报警说你有色情片。"

"我告诉你太太说你租什么片。"

"哦是吗？我忘了关瓦斯，我先回去了，算你幸运，我和这里的管区很熟，对，我们常通电话，不信你去查通联记录。"他边讲边逃。

妻子一下班回来就问："你有租一部讲选美小姐赛前如何私

下讨好评审的片子吗？"

"我有吗？哦我知道，那是一部揭发社会黑暗面的控诉电影，你不用看了，拍得很差，故事结构松散，演员完全没有内心戏……"

"真不敢相信你租那种片子，你是变态吗？偷窥别人隐私。"

"那不是偷拍的片子，那个女演员的职业就是领薪水和男演员在镜头前交配，那灯光打得通亮，头发盖住脸时还记得要拨开，那哪叫隐私。那只是一种模仿偷窥形式的方法。"

"你不要把事情正当化了，你最好去看心理医生。"

"我才不要向陌生人讲我童年的事，那些人专靠偷听人家隐私赚钱，他们心里一定会偷笑我。"

"你太自我防卫了。"

"奇怪，我觉得此刻好像置身在一篇社会教育宣导短文中，并且同时被数万名读者偷窥。"

"笨蛋，那是错觉。"

"希望如此。"他说。

6.

现在耶诞节[1]会去狂欢庆祝的人，其实多半是些平时根本不信教的人。这就像平常不和老婆相处的人，等到自己想要上床时，才突然跑去找人家，还假装先唱唱情歌、送送小礼物哄人，真是少来这一套。

现在的大众爱过节，这些名堂不一定和节日的形式有关，重点在于它能否使人有种犹如过节般的欢欣，所以说表面上也许我们的日子和祖先们是同一套历法，但实际上恐怕和童话中的"非生日快乐"差不了多少。例如百货业者定下的周年庆、什么珠宝季、美食周、资讯月、绅士展、每日两场声光水舞喂食秀、三场限时抢购、开门撒红包等。甚至一年里没几天不是

1　即圣诞节。

在内衣大特价，除非那天巧逢"哀悼日"才没特价。这不是天天过年了？我听说天母的兰雅初中教室，距离大叶什么屋百货不到五十公尺，学生听见特价广播的消息，还可以打电话回去叫妈妈快来买，并顺便去美食街包一份特价锅贴来给他。

另外像首映会、歌星签名会、新产品试卖会，各种一档档接着排出来的盛会，还有撞期要去机场迎接大人物的，什么想不到的节目都有，连动物园里生个蛋都要弄场加冕大典。我本来是把小企鹅取名为"摇钱树二号"，可是没被采用，我很怕无尾熊哈雷会为了争宠，半夜拿尤加利树枝去痛揍小企鹅黑麻糬一顿。

节庆的另一个作用，则是为了彰显一地方的经验实力，例如申办运动大会，或者一场场盛大的婚礼。我有漏掉选举造势大会吗？欢庆的气氛并不会随着夜晚的到来减退丝毫。我猜台北的夜猫族那么多的原因，就是因为咖啡店林立，加上色情光碟泛滥造成的。于是我们再也受不了平凡无事的日子，这仿佛是一道穿上童话红舞鞋的诅咒，除非把脚砍掉，否则我们将会一直跳到变成爱尔兰为止。

图书在版编目（CIP）数据

麦克风试音 / 黄国峻著 . -- 北京 : 九州出版社，2021.10（2021.11 重印）

ISBN 978-7-5225-0317-2

Ⅰ . ①麦… Ⅱ . ①黄… Ⅲ . ①散文集 − 中国 − 当代 Ⅳ . ① I267

中国版本图书馆 CIP 数据核字 (2021) 第 145718 号

Copyright © 2002 年黄国峻
由联合文学出版社股份有限公司授权独家出版

著作权合同登记号：01–2020–4387

麦克风试音

作　　者	黄国峻　著	
责任编辑	李　品　周　春	
出版发行	九州出版社	
地　　址	北京市西城区阜外大街甲 35 号（100037）	
发行电话	（010）68992190/3/5/6	
网　　址	www.jiuzhoupress.com	
印　　刷	嘉业印刷（天津）有限公司	
开　　本	880 毫米 × 1194 毫米　32 开	
印　　张	6	
字　　数	72 千字	
版　　次	2021 年 10 月第 1 版	
印　　次	2021 年 11 月第 2 次印刷	
书　　号	ISBN 978-7-5225-0317-2	
定　　价	39.80 元